KB015981

나는 언제나
당신들의 지영이

나는 언제나 당신들의 지영이

배지영 에세이

애정으로 바라봐준 두 사람,
씩씩한 친정엄마와 시대보다 앞선 시아버지 이야기

천년의상상

| 차례 |

2부 | 남자가 부엌에 들어가도 꼬추가 떨어질 일이 없어

보여주는 사람, 들려주는 사람

　　엄마는 보여주고 싶어 하는 사람이었다. 나는 초등학교 입학하기 전부터 그걸 알고 있었다. 일찍 결혼해서 두 살 터울로 네 아이를 낳은 엄마가 서른 번째로 맞이한 초봄, 겨우내 대나무를 쪼개서 당신이 짠 바구니를 옆구리에 끼고 나물 캐러 갈 채비를 했다. 토방에 앉아서 해바라기를 하던 우리 자매들도 따라가겠다고 고집부렸다.

　　어쩌다 보니 집과 한참 떨어진, 산 하나를 넘어야 닿는 어느 절집 마당에 서 있었다. 엄마는 수중에 돈 한 푼도 안 챙겨와서 시주할 게 없다고 낙담했다. 다시 집에 갔다 오면 늦겠다고 판단한 엄마는 용기를 냈다. 우리보고는 마당에 서 있으라고 하고서 절집 계단을 올라갔다. 둥그렇고 차가운 대웅전의 쇠 손잡이를 잡아당기는 소리가 크게 들렸다.

　　"스님, 이 나물 드릴 텡게 아그들한테 부처님 얼굴 한번 보여 줘도 될랑가요?"

　　거절당한 엄마는 어색하게 웃었다. 바람결마저 거짓말처럼 매서워졌다. 엄마는 콧물을 훌쩍이는 셋째 딸 지현의 손을 잡고 절집을 걸어 나갔다. 열 살이나 먹은 우리 언니는 스님 있는 쪽을 째려보지도 않고 엄마 뒤를 따라갔다. 나 혼자만 속으로 부처님 얼굴 같은 건 영원히 보지 않을 거라고 다짐했다.

"오메!" 엄마는 신작로와 논두렁 사이로 올라온 아지랑이를 보라고 했다. "여그 좀 봐봐야" 엄마는 나리꽃에 내려앉은 이슬과 우리 송아지의 쌍꺼풀진 큰 눈을 보라고 했다. 엄마가 보여준 것 중에서 최고는 인파였다. 엄마는 백숙을 끓일 솥단지와 수박까지 싸 들고 간 해수욕장에서 새까만 튜브를 타고 노는 사람들을 보여주었다. 어린이날에는 버스를 몇 번이나 갈아타고 사람들이 바글바글한 광주 사직공원에 데려갔다.

산과 논밭만 있는 우리 동네와 완전히 다른 곳이었다. 엄마는 높은 건물을 보라고, 원숭이들이 까부는 것 좀 보라고 했다. 말을 잘 들을 리 없는 우리 4남매는 아무것도 아닌 일로 티격태격 싸우느라 건성건성 봤다. 혹시라도 새끼들을 잃어버릴까 봐 "놓고 간다."는 엄포조차 놓지 못한 엄마가 마지막으로 들른 곳은 터미널 옆 포장마차. 엄마가 소주 한 잔을 달게 마시고 해삼을 오독오독 씹어 먹을 때만 우리는 착한 어린이였다.

스무 살 때부터 나는 작은 도시에서 산다. 엄마가 가본 적 없는 나라에 갔고, 엄마가 맛본 적 없는 음식을 먹었고, 엄마가 만나본 적 없는 사람을 만났고, 엄마가 해본 적 없는 글쓰기를 했다. 다행히도 엄마가 사는 전남 영광 법성포에는 딸한테 보여주고 싶은 것들이 아직 많이 있었다. "내 지영이도 와서 보고 글을 써야 하는디……." 그때마다 엄마는 중년의 딸에게 전화를 했다.

수산리 아버지(시아버지)는 들려주고 싶어 하는 사람이었다. 나는 아버지가 해주는 이야기를 따라서 책에서나 접해봤던 시간대로 뛰어들었다. 1930년대에 태어난 아버지는 일본놈들이 공출한 쌀을 지게에 싣고 항구까지 걸어가는 소년이었다. 군 복무 중에는 배 곯는 게 지긋지긋해서 탈영한 적도 있는 청년이었다. 입덧하는 아내에게 사과 한 알 사줄 수 없는 가난한 남편이었고, 집안 어른들이 그러는 법은 없다고 말려도 첫딸을 낳은 아내에게 미역국을 끓여주는 근사한 남자였다.

농사짓고, 강 하구에서 물고기를 잡고, 농한기에 염전에서 일한 아버지는 "남자가 부엌에 들어가도 꼬추가 떨어질 일이 없다."며 요리를 했다. 식구들 먹이는 일에 진심이었고 시대보다 앞선 생각을 품고 있었다. 해마다 열네 번씩 제사를 지내면서도 사람은 죽으면 끝이라고 했다. 돌아가신 조상을 기리며 자손들이 모여 음식을 나눠 먹는 것에 더 큰 의미를 뒀다.

"배지영이는 그 시대를 살아보들 안 해서 헷갈릴 수가 있어. 이 사람 저 사람한테 잘 듣고 탐구를 해야 혀."

아버지는 도시 곳곳에 깃든 이야기를 들려주었다. 중장비 없이 사람들의 힘으로 만든 바다 같은 저수지, 국군 편과 인민군 편으로 나눠 친족끼리도 죽고 죽였던 한국전쟁의 아비규환도 알려주었다. 아버지 덕분에 나는 쫑찡이(도요새)들이 얌체처럼 물못자리 해놓은 논에 날아들어서 볍씨를 훔쳐 먹었다는 것, '소금은 온다'고 하는 것, 투망에 맥없이 잡히는 숭어도 알았다.

"암입니다." 아버지는 당신의 발병 소식을 듣고도 맛있게 식사를 했다. 집에 돌아와서는 아픈 아내를 위해 밥상을 차렸다. 주말에는 음식을 해서 아들 며느리와 손주들을 기다렸다. 당신이 이루고 만든 모든 것과 이별해야 할지도 모르던 그해 여름, 아버지는 이웃과 친구들을 초대해서 물놀이를 갔다. 음식을 대접하고 노래를 부르고 춤을 추면서도 장차 투병하며 겪을 고통에 대해서는 내색하지 않았다.

거의 이십여 년에 걸쳐서 『나는 언제나 당신들의 지영이』를 썼다. 딸 셋이니까 아들 낳게 해달라고 절집에서 머리 숙여 비는 스물여섯 살의 친정엄마, 난생처음 생선 궤짝을 자전거에 싣고 팔러 나섰지만 "생선 사세요."라는 말이 안 나와서 빈손으로 돌아오던 삼십 대의 시아버지를 이야기 속에서 만났다.

글을 쓰는 동안 나는 과거와 현재, 친정과 시가를 넘나들었다. 자식들에게 해주고 싶은 게 많았던 부모님은 미래에 쓸 시간까지 당겨와서 육체노동을 했다. 풍채 좋던 뒤태는 세월을 이기지 못하고 조금씩 무너져갔다. 나는 부모님들이 반짝이고 건강하던 시절의 이야기를 듣는 게 좋아서 또 해달라고 졸랐다. 중요한 인터뷰를 하는 것처럼 메모하고 녹음했다.

과거의 나를 칭찬한다. 지금보다 더 바빴고, 육아에 치이면서도 『나는 언제나 당신들의 지영이』를 꾸준히 썼으니까. 세월이라는 빠른 물살에 휩쓸려 지나갔을 순간을 생생하게 박제했으니까. 그리하여 먹고사는 일에 씩씩하게 임했던 친정엄마 조금자 씨와 처자식을 위해 요리하고 '투잡 쓰리잡'을 했던 시아버지 강호병 씨 이야기를 펴내게 되어 기쁘다.

사는 일이
이러코 기쁠 수가 없다이

☺

우리 엄마
소원 들어주었던
절집

    학년이 바뀌어도 1반이나 2반밖에 될 수 없는 시골 초등학교는 소풍도 이 동네 절집 아니면 저 동네 산이었다. 내가 다닌 학교가 그랬다. 여섯 번의 봄 소풍 중에서 세 번은 전남 영광 불갑 저수지와 그 옆에 있는 불갑사로 갔다.

    소풍 가는 날 아침, 전교생은 줄 맞춰서 한없이 신작로를 걸어갔다. 돋보기로 종이에 불붙일 때처럼 땡볕은 아이들의 머리통에만 맹렬하게 내리꽂혔고, 발밑에서는 끊임없이 먼지가 일었다. 가장 깨끗하고 좋은 옷을 입고 온 아이들은 점점 꼬질꼬질해졌다.

벚꽃이 피어 있는 불갑 저수지에 닿으면 한낮이었다. 하필 중학교와 소풍날이 겹칠 게 뭐람. 걸음이 빠른 중학생들은 이미 좋은 자리를 차지하고 있었다. 그때는 한 밤 자면 자동으로 오는 내일도 한없이 기다려야 했다. 내가 중학생이 되어 꽃그늘에 앉을 날은 영원히 안 올 것 같아 애가 탔다.

십몇 년 만에 식구들이랑 불갑사에 갔다. 자동차를 타고 포장된 길 위를 달렸으니 풀썩이는 먼지가 느껴질 리 없었다. 절집 가는 길에 박관현 열사 동상이 있었다.

"엄마도 박관현 열사 알어?"

"알제, 왜 모른디야. 용암리 남철이네 생각나냐? 그 남철이 아빠 이모 아들이 박관현이란다. 감옥에서 얼마나 고문을 당해서 못 바우겠는지(못 견디겠는지) 순전히 밥을 안 먹고 단식을 했다드라. 그래 갖고는, 앉을 힘도 없어서 누워 갖고 재판을 받는디, 그런디도 책 읽는 것보다 더 줄줄줄 말을 잘하드란다."

"그럼 박관현 열사 돌아가셨을 때도 생각나겠네?"

"어째 생각이 안 나? 똑똑한 사람들이 다 그렇게 된게는 모다 속이 안 좋았제요."

차에서 내려 동상에 적힌 박관현 열사 약력을 보았다. 그는 1948년생인 우리 아빠보다 5년 늦게 태어났다. 1980년 5월 광주항쟁 때는 전남대학교 총학생회장이었다. 평범하게 살았다면 자녀들도 있겠지만 박관현 열사는 서른한 살에 세상을 떠났다. 나는 후진 사람, 이럴 때만 한 번씩 어떻게 살까를 생각한다. 뒤돌아서면 잊는다.

두루마기를 입고 주먹을 불끈 쥔 채 서 있는 박관현 열사 동상을 지나면 내산서원이 나온다. 수은 강항 선생을 기리는 곳이다. 선생은 임진왜란 때 일본의 포로가 되어 끌려갔다. 목숨과도 같은 절개를 지키면서 주자학의

씨를 일본에 뿌렸다.

내산서원에서 조금만 더 가면 불갑사다. 소풍 왔을 때마다 먹던 사브레 과자가 생각났다. 심드렁하기만 했던 장기 자랑 시간도 떠오르는데 불갑사는 서먹서먹했다. 크고 이름난 절집들처럼 어귀가 화려했다.

"엄마, 여기가 옛날에 소풍 왔던 불갑사 맞어?"

"맞제. 내가 너하고 지현이하고 자전거에다 태우고 왔다 갔다 하니라고 새끼똥구멍 있는 디 껍질이 다 벗어져버렸는디……."

"으하하하! 엄마, 새끼똥구멍이 어디야?"

"거시기, 꼬리뼈 있는 디. 자전거 타면 엉덩이 탁 걸쳐지는 디, 그그."

"근데 엄마, 다른 애들은 다 걸어가는데 우리만 자전거 태웠어? 이제 보니까 되게 극성 엄마였네!"

"그때는 엄마가 젊었응게 그랬제. 자모회 한다고 선

생님들 도시락도 다 쌌잖애."

생각나긴 한다. 소풍 때마다 우리 자매들은 선생님들과 같이 밥을 먹었다. 어떤 선생님은 숨기고 남은 보물 딱지를 몰래 나한테 줬다. 가뜩이나 보물을 찾아본 적 없어서 꿍했던 내 마음은 더 오므라들었다. 그때 검고 윤기나는 커트 머리를 하고 웃던 엄마는 서른서넛이었겠다.

해탈교를 지나면 잎과 꽃이 한 번도 만날 수 없어서 애틋한 상사화 피는 데가 나온다. 9월 둘째 주쯤에 피어나는 상사화 꽃자리에서 초봄부터 서성이는 건 너무 야단스럽다. 식구들은 저만치 앞서 가버렸다.

절집 마당까지 가는 길에 선 동백나무는 몇 밤만 지나면 꽃이 피게 생겼다. 길 한켠에 서 있는 부도 밭은 옛날 우리 시골집 텃밭처럼 볕이 잘 들었다. 일부러 쌓아 올려놓은 것처럼 보이는 돌탑 위에 사람들은 조심스럽게

돌을 올리기도 했다. 절집은 새로 중창을 했거나 중창 중
이었다.

　오랜 세월 한자리에 서 있었지 싶은 것도 있다. 장
독대는 둘레에 담을 쌓고 처마를 만들어 문을 달아놓았
다. 처마 기둥이 닳아서 덜렁거렸다. 까치가 조각했다는
전설을 갖고 있는 대웅전은 단청을 해놓지 않아서 참 마
음에 들었다. 우리 외할머니 백오순 여사 얼굴 같았다.
정성을 많이 쏟아부은 창살은 눈송이 모양도 있고, 꽃무
늬도 있다. 손으로 쓱 문지르면 톱밥 가루가 묻어날 것 같
았다.

　"엄마, 우리 소풍 다닐 때 말고 언제 불갑사에 온 적
있어?"
　"지현이 낳고 쫌 있다가 동네 사람들이랑 놀러 와봤
어야."
　"그럼 저 아래 시냇가 같은 데서 술 한잔씩 마시고

춤추면서 놀았어?"

"가시내 봐라이. 절에 왔으면 불공부터 드리고 노는 것이제. 그때 내가 여기 명부전 앞에서 빌었다이. 딸이 셋인게 인자는 아들 하나 낳게 해주라고 빌었써야. 아들 낳는 거는 대웅전에 대고 말하는 것이 아니라서 내가 여기 서서 빌었다이."

명부전에 불공드린 덕분인지, 엄마는 2년 뒤에 아들을 낳았다. 그 애는 스물세 살 여름에 혼자 교통사고를 내고 당했다. 중환자실에 오래 누워 있는 남동생이 평범하게 살아가려면 기적이 일어나야 했다. '장애를 입어도 좋으니 살아만 준다면, 평생 아들에게 받을 효도를 다 받은 셈 치겠다.'는 엄마의 바람은 기적을 불러왔다.

지금 남동생은 한쪽 눈으로만 세상을 보며 살지만 겉으로는 티가 많이 안 난다. 그러니 엄마는 그 애에 대해 바람을 갖지 않는다. 아들 낳게 해달라고 빈 명부전 앞에서도 무심하게 서 있다가 사천왕상 있는 데로 갔다. 사진 찍을 때만 다정하게 설 뿐, 따로따로 걷던 엄마가 아빠에게 말을 걸었다.

"여그 사천왕상, 딴 디서 배로 실어왔다고 들었는디 맞읍디요?"

"이 사람아! 사천왕상도 왔다 간다 한당가?"

"아니, 지현이 낳고 왔을 적에 스님한테 그렇게 들은 것 같아서 그러제요?"

"아니겄제. 자네가 잘못 들었겄제."

엄마는 금방 수그러들었다. 그럴 수밖에 없는 게 지금까지 모든 상식, 지식, 기억력에서 아빠가 틀린 적은 없었다. 그런데 안내문을 보니까 엄마 말이 맞았다. 고종 임금 때 전라북도 무장 소요산에서 사천왕상을 배로 실어왔다고 쓰여 있었다. 엄마는 참지 않았다.

"(아빠를 보며) 맞제요? (딸들 쪽으로 돌아보며) 아직 엄마도 쓸 만하지야이. 느그 아빠랑 산게 빛이 안 나제만,

내 기억력도 아주 나쁜 편은 아니어야."

절집 바깥으로 나오니까 시냇가를 끼고 해불암, 구수재, 연실봉으로 가는 산책길이 이어져 있었다. 등산복 차림을 한 사람들이 개운하고 뿌듯한 얼굴로 하나둘 내려오고 있었다. 나는 산꼭대기까지 갔다 온 그 사람들이 부럽지만은 않았다.

우리 식구는 절집 마당까지만 걸었어도 다 같이 모여 살면서 가장 평온했던 한때를 만났다. 그 기억을 나눠 가질 수 있었다. 일본 소설가 오에 겐자부로의 '남이 보지 않으면 살짝 갖다 버리고 싶은 게 가족'이라는 말을 아프게 이해하고, 또 모른 척할 수 있다. 이사는 이사를 낳아 집이 움직이고, 그 집 속의 우리들은 흔들리면서 자랐다는 것도 담담하게 말할 수 있다.

☺

새벽 4시,

내가 만나고 싶은

귀신

　우리 아기 제규는 태어난 날부터 잠을 자지 못하고 울었다. '수면 장애'였다. 일터에서도 환청처럼 아기 울음소리가 들렸다. 나는 우는 아기 옆에서 냄비 뚜껑을 던지면서 울기도 했다. 시어머니는 무당을 불러와 굿까지 했다. 일터에서 돌아와 아기 돌봐주는 집에 갔다가도, 아기 울음소리가 들리면 도망쳤다. 내 걸음은 빨라져서 어느새 달리기를 잘하게 됐다.

반전은 일어났다. 초등학생이 된 제규는 아침마다 침대에 몸을 합체했다. 그 무렵, 나는 걸었다. 일찍 깬 날은 새벽 4시에도 동네 공원에 갔다. 공원 호수에 물안개가 끼어서 짐승이 숨 쉬는 것 같은 날에는 산으로 갔다. 귀신 무서운 줄 알라는 이들도 있었지만 괜찮았다. 오히려 만나고 싶은 귀신 한 분이 있었다.

1948년, 남한은 북한하고 영영 갈라서는 단독 선거를 하자고 했다. 나라 망치는 단독 선거를 반대하는 데모가 전국에서 일어났다. 선거 끝나고 대통령이 된 이승만은 공산당원을 처단한다는 이유로 제주도를 토벌했다. 무고하게 죽은 사람들은 자식을 이승에 두고 떠날 수 없어서 한라산 아래를 걷는 귀신이 되기도 했단다.

우리 아빠는 단독 선거하기 두 달 전인 1948년 3월에 전남 영광에서 태어났다. 할아버지 배희근 씨는 당신의 첫아기가 백일이 되는 것도, 처음으로 걸음마 떼는 것도 보지 못했다. 빨갱이로 몰려 1년간 경찰에 쫓겨 다니다가 붙잡혀서 집단 학살당했다. 1948년 8월, 할아버지 나이 스물두 살 때였다.

수백 명이 학살된 곳은 고창의 어느 마당 바위라고 했다. 사람 사는 동네마다 있게 마련인 마당 바위, 어디쯤 인지도 모르는 그곳을 몇 날 며칠간 샅샅이 훑고 다닌 사람은 송정할머니(광주 송정리에서 시집오셔서 증조할머니 댁호가 '송정떡')였다.

음력 7월, 햇볕은 뜨겁고 피부에 감겨드는 눅눅함은 절정에 달하는 때. 총에 맞아 숨이 끊긴 젊은이들 몸은 녹아내려서 서로 엉겨 붙어 있었다. 누가 누군지 분간할 수 없었다. 송정할머니는 몇백 구의 시체를 뒤적였다.

큰아들 희근이를 찾아낼 수 없는 송정할머니는 주저앉아서 통곡하지 않았다. 도망 다니더라도 입성이 바르라고, 당신이 한 땀 한 땀 바느질해서 직접 만든 옷을 찾아냈다. 겨울이었다면, 먼 길 떠나는 아들 얼굴이라도 쓸어볼 수 있었을 터였다. 이미 송정떡의 아들 몸에는 굼벵이까지 슬어 있었다.

"희근아, 가자. 희근아, 집에 가자."

송정할머니는 정신을 놓지도 않고, 아들의 주검과 함께 걸어왔다. 빨갱이라는 소리를 들을 수 없는, 우리도 찾아갈 수 없는, 깊고 먼 산에 큰아들을 묻었다. 막 스물을 넘긴 당신의 큰며느리는 재가시켰다. 큰아들이 남긴 유일한 핏줄인 '내 행한이(우리 아빠)'는 송정할머니가 물고 빨며 애지중지 키웠다.

"보통 양반은 아니었제. 자식이 그렇게 됐어도 얼마나 기세가 당당했는지 몰라야. 여장부였제. 진짜로 생각이 앞서간 양반이었다이."

송정떡의 '내 행한이'는 회고했다. 그 옛날, 물자가

귀하던 시절에도 옷을 좋아했던 송정할머니. 동네 나가는 옷, 밭에 나가는 옷, 장에 가는 옷, 도시에 갈 때 입는 옷이 따로 있었다. 아무에게도 자식 제사 지내는 심정을 털어놓지 않았다. 아빠도 송정할머니한테 딱 한 번 들었을 뿐이어서 할아버지가 돌아가신 고창의 마당 바위가 어디쯤인지 모른다. 할아버지가 묻혀 있는 산도 찾아갈 수 없었다.

아빠는 송정할머니의 바람대로 큰 인물이 되기 위해 국민학교 3학년 때 광주로 유학 갔다. 송정할머니와 증조할아버지는 '내 행한이' 없는 적적함을 견디지 못했다. 아기였을 때부터 "할매"를 찾으며 울었던 아빠는 중학교 들어갈 때 할머니 곁으로 왔다. 그 뒤로 아빠는 우리 4남매를 낳을 때까지 두 분과 함께 살았다.

송정할머니는 글자를 몰랐지만 동네에서 길쌈 대장이었다. 길쌈할 때 베를 매는 것은 아무나 할 수 없는 고

난도의 일. 마을에서 할머니가 가장 잘했다. 송정떡 밭은 풍성했고, 당신의 손마디가 닳을 만큼 논일도 부지런하게 했다. 어디서든 앞장을 서야 직성이 풀리는 성격이었고, 당신이 가진 것을 사람들에게 나눠주기 좋아했다.

송정할머니의 집은 시골에서 크게 부자도 아니지만 가난하지도 않았다. 가슴에 묻은 큰아들만 아니라면 평탄한 세월이라고 말해도 좋을 어느 봄날. 전라남도 도지사 상을 몇 번이나 탔던, 송정할머니의 잘생기고 똑똑한 막내아들이 군대에서 사고로 죽었다. 혼인도 안 올린 스물두 살 총각이라서 장례식도 하지 않고 산에다 묻었다.

죽은 아들들이 보고 싶으면 송정할머니는 울었다. 저 밑바닥부터 올라온 울음은 쉬 그쳐지지 않았다. 할머니는 갑자기 집을 나서 한정 없이 걸어 다녔다. 피붙이들을 보러 시집보낸 딸네 집에도 가고, 당신 친정에도 갔다. 며칠이나 걸리는 여정이었다. 집으로 걸어오는 송정할머니의 겉모습은 담대하게 보일 때도 있었다.

"속이 속일라디야? 당신 속에는 항상 그런 뭣이 있었겠제. 죽지 못해서 산 세월이었제."

엄마는 앞서 간 두 명의 아들 제삿밥을 차리는 송정할머니와 9년간 살았다. 나와 남동생을 임신했을 때는 아빠를 생활력 없게 키운 송정할머니를 원망했다. 할머니는 단추가 '짱쪼롱하게' 박힌 스웨터를 즐겨 입었는데 엄마는 그것도 싫어했다. 태중 정서 때문인지, 나와 남동생은 단추 달린 옷을 입지 못했다. 방바닥에 떨어진 단추를 보고도 기겁했다.

엄마는 처음부터 끝까지 증조할아버지는 예쁜 분이었다고 한다. '내 행한이' 색시인 우리 엄마를 늘 대견하게 여겼다. 부엌문을 열고, 손부가 아궁이에 불 때는 모습을 지켜보곤 했다. 엄마가 세 번째 딸을 낳고 낙담해서 지널 때도 "아가, 암퇘지 세 마리가 오는 꿈을 꿨씨야, 이다음에가 아들이다이."라고 위로해줬다.

증조할아버지는 엄마가 네 번째 아기를 임신했을 때 손수 오리 요리를 했다. "아가, 한아씨(할아버지) 보는 디서 한 입만 먹어봐야." 가마솥을 연 순간, 엄마는 입덧을 격하게 했다. 오리는 본디 모습 그대로 솥에서 음식이 되어 있었다.

증조할아버지는 앓아누운 적도 없이, 아기처럼 배내똥을 싸고 여든 살에 돌아가셨다.

우리 집 최고의 경사는 일찍 혼인시킨 송정떡의 '내 행한이'가 드디어 아들을 낳던 날이었다. 감격한 송정할머니는 "우리도 아들 낳았씨야." 하면서 마르고 처진 엉덩이를 내놓고 춤을 추었다. 자랑은 한 번으로 그치지 않았다. 다음 날에는 손부 미역국도 안 끓여주고 '내 행한이'가 아들 낳았다는 말을 하러 장터까지 나갔다.

송정할머니는 터를 팔았다(밑으로 남동생을 보는 것)
고 내 동생 지현을 예뻐했다. "아이고 내 시째를 울리다
니……." 하면서 우량아였던 네 살짜리 지현을 늘 업고
다녔다. 호불호가 분명한 양반이었다. 행한이 새끼여도
밥상만 들어오면 먹기 싫다고 눈물바람을 했던 나를 미
워했다. 더구나 나는 왼손잡이여서 송정할머니한테 박힌
미운털이 빠지지 않았다.

가슴속에 든 울음은 달랠 수 있는 성질의 것이 아니
었다. 송정할머니는 때가 되면 어딘가를 걸어 다녀야 했
다. 어느 날 밤, 먼 데서 집으로 돌아오는 길에 할머니는
쓰러졌다. 중풍이었다. 더 이상 예쁜 옷을 입을 수도, 걸
어 다닐 수도 없게 된 송정할머니. 두 번의 자살 시도 끝
에 당신이 바라는 뜻을 이루었다.

비로소 송정떡의 울음과 걸음도 멈추었다.

프리랜서 엄마의
특별한 화폐

엄마는 굴비 엮는 일을 하는 프리랜서다. 어느 굴비 가게에도 소속되지 않고, 부르면 달려가서 일을 한다. 프리랜서가 되기 위한 첫 번째 조건은 물론 굴비를 잘 엮어야 한다. 두 번째 조건은 자신이 엮을 지푸라기를 가지고 다니는 것. 엄마는 저절로 항균 작용을 한다는 지푸라기 30만 원어치를 샀다.

나는 몇 해 전 명절에 엄마의 월급봉투를 처음 보았

다. 프리랜서라고 월급이 크게 달라진 건 아니었다. 하루 일당은 그대로였다. 시간 외 수당으로 22만 원이나 31만 원, 45만 원이 붙어 있었다. 오후 7시 넘어서부터 다음 날 오전까지 밤을 지새우고 일한다는 뜻이었다.

설 명절 한 달 전부터 엄마는 자정까지 이어지는 야간 작업을 했다. 설이 코앞으로 바짝 닥쳤을 때는 꼬박 나흘간 밤샘 작업을 했다. '오메, 나도 인자 진짜로 늙었씨야.' 엄마는 처음으로 깨달았다고 한다. 일이 무서웠고, 죽을 것같이 힘들었다고 했다.

엄마는 낮에도 굴비를 엮고, 밤에도 굴비를 엮어서 번 돈을 쪼갠다. 편지 봉투 한 장에 10만 원씩 넣는 게 원칙이다. 특별한 경우에는 30만 원을 넣어서 친척들을 뵙거나 지인들을 만난다. 농사를 많이 짓는 집의 큰딸로 자란 엄마는 준비한 봉투만으로는 직성이 풀리지 않았다. 뭔가가 부족하다고 생각했다.

우리 엄마의 부조 씀씀이는 '대략 난감'이다. 월급을 통째로 내놓은 적도 있다. 수중에 돈이 없으면 가불까지 하는 사람이다. 그래서 명절 때면, 당신 월급을 갈라 넣은 봉투에다가 색다른 '화폐'까지 곁들였다.

자식들이 떠난 친정에는 난방을 하지 않는 방이 있다. 거기에는 선물로 들어온 사과, 배, 멸치, 새우 등이 있다. 엄마는 그것들을 따로 몇 개의 묶음으로 만든다. 냉동실에서 파지(굴비 엮는 사람들의 전문용어, 완성품으로 내기에는 조금 모자란 굴비만 따로 묶어서 싸게 파는 굴비)를 꺼낸다.

엄마는 따로 명절 봉투를 안 해도 되는 딸들한테는 군더더기 없는 '화폐'를 사용한다. 아파트 옆 공터에 텃밭을 가꿀 때는 배추나 무를 이용했다. 딸네 집에 다니러 온 엄마보다 커다란 보따리에 싸온 배추나 무가 현관으로 먼저 들어왔다. 농사 실력이 좋아졌는지, 종자가 커졌는지, 무는 갈수록 커졌다.

　몇 해 전부터 엄마가 우리 자매들에게 주는 '화폐'는 파지 굴비다. 나는 생선구이를 좋아하면서도, 생선이 눈 뜨고 있는 모습을 보면 급격하게 식욕을 잃는다. 그래서 엄마는 파지 굴비를 사와서 다듬을 때 아예 머리를 잘라버린다. 언젠가부터 딸들은 그걸 '두절 굴비'라고 칭한다.

　엄마는 설 명절을 앞두고 동생 지현이한테 전화를 했다.

　"내 시째(동생 지현의 어릴 적 이름), 완전히 좋은 파지를 사 놨네이."

　"엄마, 아냐! 그거 다른 사람 줘. 나 잘 안 먹어. 지영이 언니도 저번에 준 거 냉장고에 그대로 있어."

　엄마는 힘이 빠졌을 게 분명했다. 내막을 알고 난 뒤에 바로 전화를 걸어서 엄마의 처진 어깨를 북돋아주었다.

"엄마! 파지 존 놈으로 사 놨어? 배지현이가 파지 필요 없다고 해서 기분이 별로였제? 나는 두절 굴비 겁나 좋아해. 내가 갖고 갈게."

엄마가 진짜 돈을 자식한테 줄 때 얼마나 기뻐하는지 알고 있다. 언젠가 해남, 강진으로 여행 가면서 친정에 들러 한 밤 잤다. "내 지영이, 맛있는 것 사 먹으소." 엄마는 아침 일찍 일하러 나가면서 현금이 든 봉투를 줬다. 그때 엄마는 진짜 환하게 웃었다.

엄마는 딸들이 당신한테 진짜 화폐를 쓰면 부끄러워하긴 한다. 그렇다고 거절하지는 않는다. 그게 옷이면 더욱 그렇다. 엄마는 얼굴이 빨개지면서도 반드시 비싸고 좋은 옷을 고른다. 집을 잃고, 식구들끼리 떨어져 지내던 시절에도, 엄마나 우리 자매들은 허영심을 버리지 않았다.

이번 설에는 아빠가 눈이 시고 눈물이 많이 난다고 해서 안경을 맞추러 갔다. 아빠가 안경테와 렌즈를 고를 때 엄마는 "비싼디…… 내 딸들 껍질을 다 벗겨 먹는디."라고는 했다. 그러나 좀더 낮은 가격대의 물건을 고르라거나 다음에 하라는, 마음에도 없는 말은 절대로 하지 않았다.

명절에 엄마는 딸들에게 두절 굴비 말고도 또 다른 '화폐'를 준다. 거의 한 달간 너끈하게 먹을 수 있게 재운 갈비다. 딸들은 고기를 잘 먹지 않으니 당신의 사위와 손자한테 주는 셈이다. 올해 설에 엄마는 갈비를 재어놓고 깜빡하고 말았다는 걸 딸들이 떠난 지 30분 지난 뒤에야 알았다.

"집에 다시 와야겠씨야."

소심하고 발표력 없는 엄마는 박력 있게 전화로 말했다. "고속도로 진입 전이야."라는 말을 듣고는 애원하는 대신 '급호통'을 쳤다. 차를 돌려 친정에 가보니까 한 시간 전에 헤어지며 눈물을 글썽이던 엄마는 온데간데없었다. 엄마는 갈비 전달이 끝나자마자 참으로 홀가분하게 집으로 들어갔다.

공선옥의 『마흔에 집을 나서다』를 보면 옛사람들이 '부조'한 내력이 나온다. 어떤 아저씨의 어머니 회갑 잔칫날에 동네 사람들이 백두 소두 두 되, 검은 고기 다섯 마리, 새(꿩) 한 마리, 피륙 몇 감, 계란 몇 개를 주었다. 그때는 그게 '화폐'였다.

나는 오랜 세월이 흐른 뒤에도 엄마가 주는 '두절 굴비'를 받고 싶다. 프리랜서지만 돈도 많이 못 벌고, 이제는 나이가 느껴져서 서글프다는 엄마를 '사모님'처럼 모시고 싶다. 엄마 방식대로 싸서 폼 나지 않는 두절 굴비, 멸치, 사과, 배를 차에 싣고서 엄마가 가자고 하는 곳에 무조건 모셔다주는 운전수 노릇을 하고 싶다.

☺

자식 얼굴 보듯
굴비를 보는
사람

"내 지영이, 너무나 보여주고 싶은 것이 있당게는. 엄마 것이 아니라서 함부로 보여줄 수가 없제. 텔레비 카메라들이 와 갖고 사진을 찍어 가는디, 내 지영이도 보믄 좋을 것만 같애서, 엄마가 어려와도 허락을 맡아놨네이. 바뻐도 시간 내서 와야 쓰네이."

소금 창고 때문에 엄마는 조바심이 일었다. 엄청나게 크게 지은 창고에 쌓인 소금은 그 자체로 볼거리인 모양이었다. 엄마가 날마다 엮는 영광 굴비가 맛있는 까닭은 법성포에만 불어오는 특별한 해풍과 1년 동안 묵혀서 간수를 뺀 소금 덕분이라고 했다.

"엄마, 나 소금 창고에 관심 별로 없는데……."라고 말하지 못했다. 엄마는 우리 4남매를 기르고 공부시키기 위해서 들판에서, 공사장에서, 공장에서 온갖 일을 했다. 오랫동안 바라던 굴비 엮는 '기술자'가 됐을 때는 천하를 다 얻은 것처럼 기뻐했다.

나는 친정에 갈 때마다 부모님을 모시고 친척집에도 가고, 장을 보러 간다. 동네 사람 병문안도 가고, 엄마가 좋아하는 송대관 CD를 사러도 간다. 그때마다 법성포구를 지나친다. 비린내가 나지 않는 옷을 입고, 딸이 운전하는 차 뒷자리에 앉은 엄마는 세상에 태어나 처음으로 굴비를 보는 사람처럼 눈빛이 살아 있다.

"굴비를 가게 앞에다 가지런하게 내놓으믄 장관이 따로 없제이. 엄마는 여그를 지날 때마다 그렇게나 안타깝네이. 오메~ 내 딸도 이런 것을 찍어가야 하는디… 저로코 정성껏 엮어서 널어 놨는디… 내 지영이도 저것을 보고 글을 써야 하는디…….."

해풍에 꾸덕꾸덕 마르게 내놓은 굴비는 엄마 것이 아니다. 그러나 엄마는 잠자는 자식들 얼굴 보듯이 그것들을 본다. 바람이 사나운 날도, 햇볕이 뜨거운 날도, 포구에 차를 세우게 하고서 굴비 거리로 나를 이끈다. 집으로 돌아오는 길에 엄마는 차 뒷자리에 한껏 몸을 기대고는 노래를 부른다. 노랫소리는 슬프면서 나른하고, 나는 오래도록 좋다.

법성포구에는 '뻘'이 많다. '배가 드나들 수 있을까' 의심할 수밖에 없다. 하지만 아직도 포구는 칠산 바다로 통한다고 한다. '사흘 칠산'이라는 말이 괜히 있는 게 아니었다. 한때는 칠산 바다에서 조기를 사흘만 잡아 올려도 1년 동안 먹고 살 수 있었다.

법성포구에서 백수 해안도로를 따라 달려 끝까지 간 적 있다. 아빠는 거기에서 보이는 먼 바다가 칠산 바다라고 했다. 철마다 피는 꽃이 다른 것처럼, 바다에 사는 물고기도 저마다 잡는 때가 있다. 엄마는 그래서 더 조기의 특별함을 강조했다.

"조기는 춘하추동 잡히네이. 긍게 하늘에서 내린 고기제."

"근데 엄마, 원자력 발전소 때문에 지금은 조기를 못 잡는 거야?"

"아무래도 영향을 받겄제. 바다 온도가 따스와졌잖애. 그런다고 원자력한테만 덮어씌울 수는 없제. 환경도 전 같지가 않고, 사방에서 공사만 하는디 조기라고 무슨 수가 있당가?"

원자력 발전소가 들어서면, 영광군은 상상할 수 없을 만큼의 돈과 사람이 몰려서 영광시가 된다는 청사진이 있었다. 얼굴이 예쁘고, 발육이 빨랐던 사춘기의 내 친구들은 발전소에 다니는 '정직원'을 만나 결혼하는 꿈을 키웠다. 닿을 수 없는 꿈이었다. 친구들이 짐을 꾸려서 들고 나던 터미널은 내가 법성포구를 처음 봤던 수십 년 전과 똑같다.

법성포에는 셀 수 없이 많은 굴비 가게들이 있다. 소규모 굴비 가게들은 기술자들을 대놓고 쓸 수 없어서 정규 업무 시간을 피한 새벽이나 늦은 밤, 주말에 '알바'를 쓴다. 엄마가 쉬는 날 없이 굴비를 엮는 이유다. 하지만 코리안 시리즈 시청률이 높으면, 느닷없이 휴가를 써야 한다. 그런 날에는 홈쇼핑에서 파는 굴비가 잘 팔리지 않으니까.

엄마는 갑작스럽게 휴가가 주어지면 자식들에게 줄

김치를 담갔다. "엄마는 자만심을 좀 버려. 이 세상에는 엄마 김치보다 훨씬 맛있는 김치도 많아."라고 해도 소용 없었다. 가까이 사는, '관청'에 다니는 자랑스러운 막냇동생도 챙겨야 하고, 서울 사는 동생들도 마음에 걸리니까 가만히 쉬지 못했다.

외지 사람들은 법성포구에 와서 굴비 정식을 먹는다. 속속들이 알고 싶어 하는 사람들은 굴비 엮는 데까지도 들이닥친다. 엄마와 동료들은 구경거리가 된다. 그래도 좋다고 한다. 사람들은 굴비를 사 가고, 굴비 엮는 주문은 자연스럽게 늘어난다. 일거리가 척척 연결된 날에 엄마는 새벽 5시부터 밤 8시까지 세 곳의 굴비 가게를 옮겨 다니며 일을 한다.

엄마는 당신의 일터를 귀하게 여긴다. 나는 엄마보다 노동 강도가 세지 않은데도 밥벌이가 힘들고 지겹다고 투덜거릴 때가 많다. 엄청나게 고단한 일을 한 사람처

럼 손 하나 까딱 못 할 정도로 처지기도 한다. 그런 날에
는 퇴근하고 바로 소파에 누워서 엄마한테 전화를 걸어
본다.

"엄마, 뭐 해?"
"연속극 보고 있제요."
"엄마는 어디가 제일로 좋아?"
"법성포제라우. 나를 기술자 만들어준 디. 돈까지
벌게 해주는 디."

사람들의 빛나던 꿈이었던 칠산 바다는 예전처럼
조기 떼를 품어주지 않는다. 바다에 기대 살던 수많은 사
람들은 완전히 떠나지도 못했다. 아빠 후배는 배를 소유
한 채로 막일을 한다. 묶여진 배로는 '사흘 칠산'을 바랄
수 없으니까. 아직 먹이고 가르쳐야 할 새끼들을 위해서
깨어진 꿈을 붙들고 신세 한탄을 하지 않는다.

하늘이 내린 고기, 조기는 사람들의 분별력 없는 욕심 때문에 씨가 말라간다. 그러나 법성포구의 바람과 햇볕은 순정을 잃지 않아서 영광 굴비의 명성은 꺾이지 않았다. 굴비가 있는 한, 팔순까지도 앞가림하고 살 거라는 엄마의 꿈은 견고한 성채 같다. 법성포구는 날마다 엄마를 구원하고 있다.

☺

천하를 얻은 듯
기쁜 사람들

아빠는 금요일이나 토요일 저녁에는 PC방에서 장기 게임을 한다. 전화기로 들려오는 아빠 목소리가 건성건성 느껴질 때면 게임 중인 거다.

"아빠, 안 피곤해? 어서 집에 들어가 주무셔."
"괜찮해. 한 시간밖에 안 해야. 치매 안 걸릴라고 노력 중이제."

아빠는 딸들이 온다고 하는 날은 아침부터 엄마한
테 "마음이 뜨네이."라고 한다. 딸들이 어디쯤 오고 있나
전화를 걸어본다. 그렇게 기다리던 딸들하고는 함께 밥
먹는 게 다다. 어디에 있나 전화해보면 PC방이다. 우리
자매들은 웃으면서 "아빠는 초이기적이야. 아빠 치매 예
방만 생각해?"라고 일침을 놓는다.

지난 주말, 우리 자매는 친정에 있었다. 엄마는 새
벽에 일어나서 동생 지현이가 먹고 싶다는 팥죽을 쑤었
다. 밥상을 치우고 나서는 텃밭에서 고추모를 붙였다. 지
현은 엄마 옆에서 말동무를 해드렸다. 나는 외가에 와서
실컷 만화영화를 보는 우리 아이의 무릎을 베고 누워 있
었다.

처음에 엄마는 바닷길이 갈라지는 진도에 가고 싶
어 했다. 검색해보니까 바닷길은 나흘 전에 닫혔다. 나는
엄마를 모시고 고창 선운사에 들렀다가 장어를 먹거나

고창에서 재 너머 장성 축령산에 가려고 했다. 그런데 엄마는 말했다. "백제불교 도래지 한번 가고 싶어라우." 거기는 엄마 일터 근처고, 명절에는 고모할머니 댁에 갔다 오면서 들르는 곳이다.

"엄마, 좋은 데 가자. 먼 데 가도 괜찮아."
"관광버스가 도래지에다가 그렇게 사람들을 실어 날라라우. 꽃이 겁나게 피어 있다고 하는디, 일하느라고 가고 싶어도 못 갔제요."

나는 식구들을 태우고 백제불교 도래지로 갔다. 차가 주차장에 서기도 전에 엄마는 "아따 좋아야. 진짜 좋아야."라고 감탄했다. 도래지 들어가는 숲쟁이 꽃동산은 환상적이었다. 엄마랑 봄꽃을 보러 가지 못해서 무겁던 우리 자매 마음이 순식간에 가뿐해졌다.

주차장까지 차로 가지 않고 우리 식구들은 내려서

걸어가기로 했다. 엄마는 꽃을 예쁘게 찍고 싶은데 핸드폰을 집에 두고 왔다고 안타까워했다. 엄마는 꽃을 처음 본 사람처럼 꽃밭 속에 들어가서 철쭉꽃을 껴안는 시늉을 했다. "엄마, 촌스러워!" 그러면서도 나는 엄마 사진을 찍었다.

꽃길이 끝난 재에는 임시 법당인 마라난타사가 있었다. 마침 예불 중이었다. 식구들은 먼저 가고 나는 법당 앞에서 서성이며 백제불교 최초 도래지를 내려다봤다.

지금부터 1700여 년 전에 인도의 마라난타는 중앙아시아를 거쳐 중국 동진까지 와서 배를 타고 법성포로 왔다. 굴비로 알려진 법성포는 불법을 들여온 성스러운 포구란 뜻이다. 백제불교 최초 도래지는 일주문, 박물관, 탑원, 화장실까지 간다라 모습을 하고 있었다. 우리 눈에 익숙한 절집의 모습은 아니어서 이국적이었다.

아빠는 뛰어다니는 우리 아이 뒤를 쫓아다니느라 바빴다. 엄마는 무엇이든지 자세히 보고 꼼꼼하게 읽어 봤다. 간다라 유적을 설명해 놓은 박물관에서는 곁에 있는 동생 지현한테 낮은 목소리로 물어봤다.

"내 시째, 저 글자가 뭣인가?"
"엄마, 나 한문 12점 맞은 사람이야. 언니한테 물어 봐."

나는 글자를 알려드리면서 엄마가 애써서 딸 공부 시킨 보람을 느끼게 해주고 싶었다. 그건 아는 체였다.

"엄마, 부처님 얼굴 외국 사람 같제? 지금부터 2300여 년 전쯤에 있잖아. 저기 유럽, 그리스 윗동네인 마케도니아에 사는 알렉산더란 사람이, 10년 걸려서 인도 근처까지 정복했어. 그때 서양 문화가 인도에 전해져서 불상도 영향을 받은 거야. 그걸 간다라 문화라고 부르

거든. 그 문화가 중국을 거쳐서 전라남도 영광군 법성면
까지 온 거야."

마라난타가 법성포구를 지나서 처음 세운 절집은
영광 불갑사다. 그로부터 1700여 년이 흐른 뒤에 세 딸을
둔 스물여섯 살의 우리 엄마는, 불갑사 명부전에 대고 아
들 한 명 낳게 해달라고 빌었다. 지금 엄마는 아무것도 빌
지 않는다. 그저 다 좋다고 한다.

우리는 보리수나무 아래 모여서 사진을 찍었다. 아
빠는 사면대불상까지 이어진 다리를 놓을 때 당신이 뻘
을 파냈다고 말했다. 나는 아직도 아빠가 돈을 버는 생활
인이 된 게 어색하다. 길 가다가도 막일 하는 분들을 보
면, 나이 들어서야 일하는 아빠 생각이 나서 먹먹해진다.

아빠는 이제 엄마가 아프면 겁을 낸다. 엄마가 좋
아하는 팥죽을 사기 위해서 온 읍내를 뒤지고 다닌 날도

있었다. 날마다 새벽에 일어나 인력 시장에 나가 일을 한다. 그래도 원래 성정을 잃지 않아서 화려한 셔츠와 구두, 나이키 운동화를 좋아한다. 당신 얼굴에 주름이 많다면서 주름살 펴는 수술을 하고 싶어 한다.

우리는 마라난타 법당 안에서 절을 했다. 나는 효녀도 아니고, 출세해서 부모님을 기쁘게 하지도 못했다. 하지만 내 마음은 이 세상을 만들고 "보기에 좋았더라."고 한 하느님 마음과 똑같다. 엄마를 조금씩 아낄 줄 아는 아빠, 굴비 엮는 기술자가 되어 천하를 다 얻은 것 같다는 우리 엄마가 무탈한 게 기쁘다.

김치 담글 때
드러나는
자만심

"오지 말소이. 와도 소용없네이."

주말에 국화꽃을 같이 보러 가기로 한 엄마가 갑자기 일하러 간다고 했다. 꽃구경보다는 돈 버는 게 더 중요한 엄마다운 판단이었다. 나도 계획을 바꿨다. 순창 강천산으로 단풍놀이를 갔다가 돌아와서 밤늦게까지 놀다가 잠들었다.

일요일 오전, 잠자리에서 일어나지도 않았는데 동

생 지현에게 전화가 왔다. 엄마가 오라고 했단다. "엄마
는 대체 왜 그런대? 오랬다 오지 말랬다, 하튼 변덕이야."
나는 안 갈 것처럼 툴툴대면서 짐을 챙겼다. 서해안고속
도로에서 몇 번이나 집으로, 엄마 핸드폰으로 전화를 해
도 받지 않았다.

친정집에 들어서는데 압박을 느낄 수밖에 없었다.
마당 가득, 소금에 절인 배추가 보였다. 그 옆에는 아직
다듬지 않은 갓과 무가 몇 다발씩 있었다.
"엄마! 이게 다 뭐야?"

엄마는 홈쇼핑에 굴비를 납품하는 가게에서 굴비
엮는 일을 한다. 하필 프로야구 경기 시간과 홈쇼핑 굴비
파는 시간이 겹쳤단다. 굴비는 당연히 안 팔렸고, 엄마가
속한 생산 팀은 이틀간 '황금 휴가'를 받게 됐다. 엄마는
마침 잘됐다면서 아빠 친구한테 부탁해서 트럭을 얻어
타고 시장에 갔다. 배추 100포기에 갓과 무를 사와서 소

금에 절였다.

"엄마! 왜 이렇게 통이 커?"

"뭣이 커라우? 들어갈 입이 몇 갠디. 군산 딸네 둘,
서울 딸, 작은할머니네 집, 내 막뚱이 동생까지 줄라고 그
런디."

"휴가면 쉬어야지. 김장 김치도 아니고, 100포기가
말이 돼? 휴가 나흘 줬으면 엄마네 9남매 김치에다가 동
네 사람들 것까지 담그겠네?"

"아따, 김치 담그는 것이 뭔 일이다요? 한 포기나 두
포기나 다 똑같은디."

동네 사람 결혼식에 갔다 온 아빠는 옷도 갈아입지
못하고 정장 차림으로 마늘을 까고 있었다. 엄마는 위생
모자까지 갖춰 쓰고 배추를 절였다. 나는 엄마 사진을 몇
장 찍으면서 말했다.

"엄마, 해 떨어지기 전에 우리 갈 거야."

"김치가 그렇게 쉽게 되가니요? 자고 가야제라우."

"가야 해. 내일 제규도 학교 가고, 나도 일해야지."

"(웃음)오메! 나 쉰다고, 다 쉬는 줄 알았네이."

"엄마, 오늘은 나라에서 정한 법정 공휴일이고, 내일부터는 온 국민이 다 일하거든. 엄마 쉰다고 다른 사람들도 자동으로 쉬는 줄 알어?"

"어쩐다요? 아무리 빨리 해도, 김치 물 빼고 버무리른 새벽인디. 천상 내일 아침에나 가야 쓰겄소."

부엌으로 마당으로 종종걸음 치는 엄마를 내다보면서 남편한테 문자를 보냈다. '엄마한테 낚였어. 낼 아침에 갈게.' 생각해보니까 결혼하고도 엄마가 보내준 김치를 먹고 살면서도 엄마가 김치 담그는 모습을 본 것은 딱 한 번뿐이었다.

남동생이 중환자실에 오래 누워 있던 어느 해 여름

이었다. 혼자서 교통사고를 내고 당한 동생 때문에 그 여름은 식구 모두에게 '지옥에서 보낸 한 철'이었다. 병간호를 하러 주말에는 동생이 입원한 병원에 다녔다. 엄마는 딸들이랑 교대하고 하루쯤 집에 가서 주무셔도 될 텐데, 꼭 우리 자매한테 집에 가서 자라고 했다.

잠이 들었다가 아빠 울음소리 때문에 깨곤 했다. 엄마는 단 한 번도 울지 않았다. 외할머니가 어째서 내 딸한테만 이런 일이 일어나는 거냐고, 우리 금자 불쌍해서 어떡하느냐고 붙잡고 울어도 엄마는 '괜찮았다.' 오히려 외할머니를 달랬다.

"엄마, 나 괜찮해라우. 저만한 게 다행이제. 창석이가 저러코만 있어도, 평생 할 효도를 나한테 다 했응게. 엄마, 나는 진짜로 괜찮해라우. 암시랑토 안 해라우."

엄마는 그해 여름 내내 일터에 갔다가 중환자실에서 밤을 보냈다. 아빠는 언제나 병실 앞까지만 왔을 뿐, 누워

있는 당신 자식의 망가진 얼굴을 보지 못했다. 아침저녁
으로 선선한 바람이 부는 초가을, 기적 같은 일이 일어나
서 남동생은 의식을 찾고, 일반 병실로 옮겨 갈 수 있었다.
그때서야 아빠는 용기를 내서 아들 얼굴을 쳐다봤다.

　잘생겼던 얼굴은 예전 같지 않았다. 한쪽 눈은 신경
줄이 끊어져서 더 이상 볼 수 없었다. 그래도 우리는 이빨
만은 강철이라서 하나도 망가지지 않았다고, 별로 웃기
지 않은 농담을 하고 엄마 집으로 갔다. 엄마는 어떤 특별
한 약이라도 먹은 사람처럼 그 밤 내내 동생 지현과 내게
줄 김치를 담갔다.

　그때부터 엄마는 김치 담글 적에 잠을 안 잔다. 딸
들과 동생들한테 보낼 김치를 밤새 담고, 동이 터오면 일
터로 출근했다. 하나도 힘들지 않다고 했다. 엄마 말이
사실이라도 해도 내 눈에는 '옳지 않아' 보였다.

　"엄마! 엄마는 자만심을 버려야 돼. 이 세상에 엄마

김치밖에 없는 줄 알아? 엄마가 안 담가줘도 다 먹고 살
아. 이제 고만 좀 해."

일거리를 눈앞에 둔 엄마는 엄숙하다. 입만 축이고
기계처럼 절도 있게 임한다. 고행하는 수도자처럼 소금
에 절인 배추 물을 빼고, 김치에 들어갈 양념을 만든다.
그동안에 아빠와 나, 지현은 차례로 잠들었다가 일어났
다. 엄마는 혼자 갓김치와 무김치를 담고, 딸들한테 보낼
생선을 다듬고, 이웃 시끄럽다고 몽당 빗자루로 숨죽여
마당을 쓸었다.

새벽 2시 30분, 동생 지현이 들어와 눕는 소리를 듣
고 일어났다. 엄마는 커다란 그릇에 양념을 다 버무린 다
음에 지현과 나한테 보낼 배추만 따로 골라내고 있었다.
조금 있으면 동이 터 올 터인데 모자를 쓰고 있는 엄마가
답답해 보였다.

"엄마, 왜 모자를 쓰고 있어? 나이 먹웅게 머리가 시

려?"

"아니제라우. 머리크락 하나라도 들어가면 안 된게는 쓰제요. 근디 아까 위생 모자를 벗었다가 어따 뒀는지 생각이 안 나서 등산 모자를 쓰고 있소. 보기에 괜찮한가?"

나는 엄마가 버무린 김치를 김치통에 담는 거라도 도와주려고 했다. "지숙 아빠!" 엄마는 명령조로 한 사람을 불렀다. 아빠는 대기하고 있던 사람처럼 벌떡 일어나 우리가 가져온 김치 통 열 개를 쭉 늘어놓았다. 두 사람은 아무 말 없이 김치 통에 김치를 넣고, 통에 묻은 국물을 닦고, 뚜껑을 닫아서 한켠에 쌓았다.

나는 그저 멀뚱하게 서 있었다. 엄마 아빠는 나보고 들어가서 자라고만 했다. 이따 깨운다고 해서 잠깐 눈 붙였더니 날이 밝아 있었다. 혹시 넘칠까 봐 비닐까지 한 겹씩 덧대서 자동차 트렁크 가득 실어놓은 김치와 함께 군산 집으로 돌아왔다.

엄마는 평생 우직하게 일했다. 어릴 때부터 모든 일을 야무지게 하느라 남들보다 더 고생했다. 그래서 엄마의 신조는 선명하다. '한 번 일을 잘 하면, 평생 일만 하고 산다.' 당신 딸들은 다르게 살기를 바랐다. 우리 자매들은 엄마가 옆에 있을 때는 밥도 안 차려 먹고, 양말이나 속옷도 빨지 않고 컸다.

나는 그렇게 자라 대학을 졸업하기도 전에 결혼했다. 엄마처럼 밥벌이 하나만 우직하게 한다. 그 밖의 모든 일은 엉성하고 시원치 않다. 일머리가 없어서 지켜보는 사람을 답답하게 만든다. 내가 이렇게 된 건 엄마의 철저한 계획이었을지도 모른다.

☺

우리 엄마 조여사를
모델이 되게
해주세요

　가을비가 절도 있게 직선으로만 퍼붓는 일요일 아침에 당신의 그림을 보러 미술관에 갔습니다. 당신의 눈을 통해 1920년대에 살았던 우리나라 사람들을 보았어요. 그림에 나오는 사람들은 1800년대 후반에 태어난 사람들이겠지요. 그 시대 사람들이 겪었을, 신산하고 고단했을 삶이, 팍 와닿지 않았습니다.

　그래서 좋았어요. 돌아가신 외할머니 백오순 여사

의 사진을 보는 것처럼 정갈한 기분이 들었습니다. 우리 외할머니는 일제강점기와 한국전쟁, 그리고 보릿고개를 겪었습니다. 돌아가실 때까지 지독한 통증으로 고생했지만 제 기억 속의 외할머니는 웃음이 있고, 반듯하세요. 당신의 그림은 '힘들고 아팠어도 그때가 참 좋았구나!'라고 되돌아보는 추억 같았습니다.

당신은 스코틀랜드 사람으로 일본에서 판화 공부를 하고 1919년 3·1만세운동이 끝난 직후에 조선에 왔지요. 아무리 말해도 설명할 수 없다는 원산의 아름다움에 빠졌고, 조선의 풍경을 사랑했고, 빨래와 밥 짓기, 살림살이를 모두 아내에게 맡긴 채 고고하게 살아가는 조선의 남자들을 간파했습니다. 조선에서는 가장 비극적인 존재라면서 새색시를 그리기도 했고요. 조선 여자들을 끈기와 진정으로 대해야 한다고도 했지요.

그런 당신이 살아 있다면, 당신 그림의 모델이 우리

엄마였으면 좋겠다는 생각을 했어요. 고고한 남자와 살면 여자는 팍팍하고 외로워요. 우리 엄마가 그렇게 살았거든요. 그런데도 추석날 달빛 아래서 줄넘기하는 우리 엄마를 본다면, 당신은 틀림없이 반할 거예요. 웃는 얼굴이 너무 천진해 보여서 가끔은 바보처럼 보이기도 해요.

우리 엄마는 1949년에 태어났습니다. 당신 그림에 나오는 아이들처럼, 명절에는 '때때옷'을 입던 여자애였지요. 혼인하고 나서부터 몇 번씩이나 세상에서 가장 비극적인 존재가 되었습니다. 엄마는 늘 잃어야 했어요. 부탁을 거절하지 못해서 보증을 선 남편 때문에 집을 잃고, 땅을 잃고, 애써 모은 돈을 잃었지요.

몇 년 전에는 유일한 재산인, 온몸이 부서져라 일해서 산 아파트를 잃었습니다. 그 때문에 사람들을 기피해요. 일터에만 나갈 뿐, 집 앞 슈퍼에도 드나들지 않게 되었죠. 하나밖에 없는 아들이 사고를 당했을 때도 엄마는 안으로 고통을 삭일 뿐, 한으로 여기지는 않았어요. 그래서 다행이에요. 한국에선 여자가 한을 품으면 저승에 가지 못하고 귀신이 되어 이승을 떠돈다고 믿거든요.

저는 당신 그림을 보러 가기 전날, 동생 부부와 단풍놀이를 갔습니다. 당신도 한국의 감나무를 보았겠지요? 열 명도 넘는 자식을 젖 먹여 키운 할매 가슴 같은 감나무가 지천이었습니다. 감을 좋아하는 엄마는 풍성한 감나무가 있는 집으로 시집왔어요. 하지만 아빠는 고소공포증이 있어서 감나무에 올라가지 못했습니다. 높은 감나무에 올라가 감을 따듯 엄마는 혼자 살림을 떠안고, 아이 넷을 공부시켰어요.

엄마는 손마디가 닳아 없어질 만큼 일하며 살았어도 감수성이 풍부합니다. 어떤 곳에 가든 "아따 좋아야." 하면서 금방 장점을 찾아냅니다. 행여 고급 밥집에 들어가 딸이 번 아까운 돈을 쓸까 봐 먹고 싶은 음식도 안 먹으려는 엄마. 우리 자매는 대둔산의 어느 식당에서 비싼 밥을 시켜놓고서 울컥, 목이 메었어요.

단체로 온 중년들이 막걸리를 마시고는 노래를 부르고 있었어요. 제가 결혼하던 날, 발표력이 없어서 "제가 신부 어머니입니다."를 덜덜 떨면서 말했던 사람이지만, 그런 곳에서는 또 풍류를 즐길 줄도 알거든요. 엄마는 화끈하게 노래 한 곡 뽑고 있거나 벌써 불콰해져서 느린 스텝을 밟으면서 춤을 출 수도 있겠지요.

엘리자베스 키스.

당신은 언제, 당신이 나고 자란 스코틀랜드 말을 썼나요? 저는 유일하게 우리 엄마와 얘기할 때는 고향 말을 쓴답니다. 단풍을 보고 돌아오는 길에 엄마한테 전화를 했습니다.

"조여사, 뭣하요?"

"예, 결명자 따고 있어라우."

"좋소?"

"좋아라우. 대문 앞에다 쬐까 심었는디 겁나게 많이 됐어라우."

"집에 감 있소?"

"없어라우. 신랑한테 세 개만 사오라고 했는디 안 사옵디다."

"감을 한 상자 사 갖고 가께라우?"

"오믄 좋제요. 진짜 올라요?"

생각하는 대로 당장 행동하고 싶을 때가 있어요. 그 날이 그랬어요. 더구나 가고 싶은 곳이 엄마가 사는 집이 니 망설일 필요는 없었습니다. 서해안고속도로를 달려서 엄마가 사는 영광 집으로 갔습니다.

우리 남매들이 한 번도 살아본 적 없는 집에서 엄마 와 아빠는 늙어갑니다. 평생 엄마한테 기대 살았던 아빠는 지난해부터 밥벌이를 하고 있습니다. 하루하루 일해서 번 돈을 엄마한테 바친다고 합니다. 아빠는 당신 삶을 떠받든 것이 엄마의 인내였다는 것을, 자식들도 다 떠나고 나서야 깨달았지요.

엘리자베스 키스!

저는 자주 아이와 여행을 했어요. 몇 번은 엄마와 같이 간 적도 있습니다. 기저귀 찰 때부터 데리고 다녔고, 아이가 힘들다고 하면 아무 때고 업어줬습니다. 그래서 초등학생이 되어서도 가끔 저보고 업어달라고 해요. 다리가 길어진 아이를 업고 걷다가 듣는 우리 엄마 목소리는 참 든든합니다.

"제규야, 할머니한테 업혀야. 손바닥만 한 느그 엄마 등에 업히고 싶냐, 이놈아. 지영아, 때싸(다) 큰 놈을 멀라 업어줘. 너 힘들어서 못써야."

제 등에 달라붙은 아이는 내려오지 않습니다. 엄마는 설득하는 대신 명령하는 쪽을 택하고 말지요.

"제규야! 좋은 말로 할 때 할머니 등에 업혀라이!"

엄마가 언제까지나 제 등에 업힌 아이를 당당하게 나무랄 수 있고, 지금처럼 힘도 셌으면 좋겠습니다. 당신처럼 따뜻한 눈을 가진 사람이, 모델이 되어준 사람들에게 사랑을 실을 줄 알았던 예술가가, 우리 엄마의 그림 한 점을 남겨주면 얼마나 좋을까 생각했어요. 맑은 냇물만 보면 빨래하고 싶어 하는 엄마를 위해, '힘차게 빨래하는 조여사'쯤으로 설정하면 작품의 격이 떨어질까요?

저는 엄마가 한 밤 자고 가라고 한 것을 마다하고 당신의 그림을 보러 갔습니다. 당신이 그때 조선을 보면서 염려했던 대로, 우리나라 사람들은 고유의 성정을 많이 잃었습니다. 하지만 우리 엄마는 아직 많이 간직하고 있습니다. 우직하고, 예의가 바르고, 부끄러움을 알고, 유머도 있지요.

엘리자베스, 엄마가 관심 없어 해도 당신이 그린 그
림 얘기를 해주겠습니다. 당신도 만약 우리 엄마 조여사
를 알아볼 수 있다면, 당신 작품의 모델이 되게 해주세요.

* 엘리자베스 키스 1887년 스코틀랜드 태생의 화가로 동양 각국을 여행하며
  그림을 그렸다. 그녀의 그림들에는 당시 한국인의 일상과 풍습이 잘 담겨
  있다.

☺

허영심과
유머를
잃지 않는 삶

일요일 오전, 아빠 엄마가 군산에 왔다. 두 분은 곧장 동생 지현네 집으로 갔다. 나는 일어나자마자 지현의 집으로 가서 바로 목욕탕으로 들어갔다. 세수를 하는데 자지러지는 듯한 엄마의 목소리가 들렸다. 울음소리인지 웃음소리인지 분간이 안 가는 소리였다. 물기도 닦지 않고 거실로 나갔다.

"느그 아빠가야… 코미디여야……. 그런 코미디가

없씨야."

　　엄마 아빠는 영광에서 군산 오는 버스 시간이 바뀐
걸 모르고 집을 나섰다. 그래서 두 시간 동안 터미널에서
기다렸다고 한다. 표를 사고, 사람들을 둘러보았다. 안면
이 있는 것 같아서 옆 사람과 한참 이야기를 했지만 전혀
모르는 사이여서 머쓱해진 이야기였다.

　　폭소를 터뜨릴 만한 일이 아닌데도, 엄마 웃음은 좀
처럼 그치질 않았다. 지현도, 나도, 아빠도, 우리 아이도
자꾸 엄마를 따라서 흐느끼듯 웃었다. 엄마는 요 근래에
얼마나 웃었는지, 작은 눈이 더 좁아져 있었다. 엄마는 영
광군 법성포에 당신 이름으로 집을 샀다. '자가'에 사는
'아파트인'이 되었다.

　　엄마가 번 돈을 관리해온 지현이 집을 사자고 결심
한 건 설을 앞둔 1월이었다. 굴비 엮는 일은 명절을 앞두

고 급박하게 돌아간다. 일이 끝나는 시간은 콜택시도 부를 수 없는 새벽 3~4시. 엄마는 버스도 다니지 않는 터미널에 혼자 있다. 쪽잠을 자고 나와야 하는데, 엄마 집 목욕탕은 따뜻한 물이 나오지 않았다. 셋집에 들이는 돈은 아까울 뿐이라 부엌에서 물을 데워 목욕탕으로 갖고 가서 씻었다.

지현은 영광군청에 다니는 막내이모에게 집을 알아봐 달라는 부탁을 했다. 며칠 뒤에 법성포에 24평짜리 아파트가 나왔다고 했다. 엄마 아빠는 집을 보러 갔다. 젊은 부부와 어린아이 둘이 사는 집은 볕이 잘 들고 아늑해 보였다. 더 둘러볼 필요 없다고 판단한 엄마 아빠는 결정했다.

엄마 이름으로 집을 사러 가는 날, 나는 태어나 가장 지독한 감기몸살을 앓았다. 기침이 멎질 않아서 전력 질주로 달리다가 멈춘 것처럼 숨이 가빴다. 법무사 사무

실과 영광군청을 거치면서 모르던 사람의 집은 조금자여사의 집이 되었다. 기침을 하도 많이 해서 못생겨진 나는 엄마한테 '훈계'를 했다.

"엄마, 이번에는 진짜 보증 서면 안 돼. 진짜야. 아빠한테도 안 돼."

엄마 아빠는 새집이 너무너무 좋다고 했다. 조용하고, 집 앞의 포구에서는 새벽마다 도깨비시장이 잠깐씩 선다고 했다. 날마다 집을 쓸고 닦는 아빠가 베란다에 핀 철쭉꽃이 집을 환하게 만들어준다며 진짜 기뻐했다. 전화기로 들려오는 엄마 아빠의 목소리는 '자가인'답게 활기차고 여유 있게 들렸다.

일이 없는 주말, 엄마 아빠는 벚꽃을 보러 군산에 오고 싶다고 했다. 토요일 밤 늦게까지 일을 한 엄마는 일요일 새벽 4시에 일어나 딸들 먹을 나물 반찬을 하고, 손자와 사위들이 먹을 갈비를 재우고, 짐을 챙겨 영광에서 군산 가는 직통버스를 타고 온 거였다.

　　엄마 아빠는 '쇼핑 목록'도 정해 왔다. 가장 처음에 살 물건은 '쓰리빠'. 집 앞에 나갈 때 가볍게 신을 만한 게 없다고 했다. 엄마하고 지현만 상점으로 들어가고, 나는 아빠하고 차 안에 있었다.

　　"아빠도 뭐 필요하면 말해."
　　"(머뭇머뭇) 신발이 없씨야."
　　"구두도 새거고, 나이키 운동화도 산 지 얼마 안 됐잖아."
　　"아니, 법성포에 산악회가 있는디 들고 싶어도……."
　　"엉? 저번에 등산옷 사지 않았어?"
　　"그러긴 한디, 등산 신발이, 내 것은 폼이 안 나야."
　　"으하하하하!"

조상 대대로 내려온 허영심은 아빠 대에서 끝나지 않았다. 우리 자매들도 스타일이 별로인 날에는 집으로 어서 돌아가고만 싶다. 아침 조회 때 운동장 한가운데서 넘어진 것처럼 속으로만 두고두고 창피해한다. 그래서 나는 아빠를 북돋울 수밖에 없었다.

"그런 사연이 있었어? 걱정하지 마."

아빠 등산 신발을 샀다. 내처서 엄마 운동화도 샀다. 5월에는 친구들이랑 제주도 여행을 간다 하시길래 커플 모자도 맞추어 샀다. 특히 우리 아빠는 입성을 꾸미는 물건을 살 때, 됐다고 하거나 사양한다는 의미의 손사래 치는 걸 전혀 모른다. 언제나처럼 당신 자신을 위해 가장 좋은 것을 고른다.

쇼핑을 마치고, 우리는 인파에 섞여서 꽃길을 걸었다. 아빠 말 한마디에도 웃음보가 터지는 엄마를 보며 뒤에서 천천히 걸었다. 부모님의 다정함은 어디에서 온 것

일까. 법성포의 아파트가 궁금해졌다. 엄마 아빠를 집까지 모셔다드리는 김에 가보고 싶었다.

"아니여야. 내 딸 피곤해서 못 쓰제. 버스 타믄 되는디, 진짜로 괜찮해야."

부모님은 전형적인 시골 부모님으로 돌아와 있었다. 버스터미널에서 헤어져 집으로 오면서 연달아 본 영화 〈우리 학교〉를 생각했다. 일본에서 재일 조선인으로 살아가는 아이들은 아버지와 어머니, 동포들에게 감동을 주기 위해 노력한다. 그러면서 자신의 정체성을 인식했다. 그 아이들 눈은 너무나 반짝반짝 빛났다.

내가 자라서 밥벌이를 하고, 책을 읽고, 아이들을 기르고, 여행할 수 있는 것은 온전한 내 힘이 아니다. 그 옛날에 12개월 할부로 책을 들여놔 주고, 시골에 살면서도 대도시의 동물원에 데려가주고, 바리바리 먹을거리들

을 싸서 해수욕장에 같이 다닌 부모님이 있었다. 나이 들
어 셋집에 살면서도 허영심과 유머를 잃지 않은 당신들
이 나를 이루어주었다.

☺

자연인 조금자와
엄마 조금자 사이

우리 아빠는 아직도 '골드 액세서리' 앞에서 마음이 요동친다. 젊은 시절에는 더 많은 것들에 눈빛이 흔들렸다. 당연히 자식들 먹이고 가르치는 삶의 무게는 엄마 어깨 위에만 있었다. 그렇다고 아빠가 인간이 가져야 할 덕목인 미안함을 완전히 버린 건 아니었다.

딸들이 일상적으로 겪는 "입맛 없다."를 체감해보지 않은 사람, 날것과 익힌 것, 육류와 채소를 차별하지 않고 먹는 엄마만이 당당하게 외식 메뉴 결정권을 가졌다. 언젠가 아빠는 "여태까지 레스토랑 한 번도 안 가봤다이."라고 진심을 보이면서도 엄마한테 저항하지는 않았다. 우리 식구들이 밖에서 먹는 음식은 오로지 회나 주꾸미, 낙지였다.

우리 엄마는 음식 앞에서 아내도, 엄마도 아닌, 오로지 '자연인 조금자'로만 존재한다. 당당하며 거침없이 먹는다. 엄마 어릴 때 외가는 일꾼을 몇 사람이나 두고 농사지었다. 음식 인심이 후한 집이었다. 많이 대접해보고, 다양하게 먹어본 엄마는 요리할 때 특히 손이 크다.

김장철도 아닌데 혼자서 배추김치 100포기를 담는다. 딸들 셋, 서울과 광주에 사는 동생네 집에 부친다. 딸네 집에 올 때도 빈손으로 오는 것은 부끄러운 일, 무엇이든 해 온다. 나물이 저장 식품도 아닌데 한 달 내내 먹어도 될 만큼 무쳐 온 적도 있다. 나는 하나도 기쁘지 않고 무표정한 얼굴이 되고 말았다.

"엄마, 100일 동안 똑같은 음식만 먹으면 곰도 사람이 된다고. 그냥 좀 와!"

내가 둘째를 임신한 지 7개월째이던 어느 해 봄. 조산으로 대학 병원에서 누워서만 지내야 했다. 평일에 엄마는 영광 법성포에서 굴비를 엮고, 주말에는 버스를 몇번 갈아타고 내가 입원한 병원으로 왔다. 주삿바늘을 몇개나 꽂고 있는 딸을 보면서 혼자 속으로만 생각했다고 한다.

'어쩐디야. 저러코 주사를 맞는디, 뱃속의 애기가 온전하끄나?'

그때 엄마는 임신한 여성에게 쑥이 좋다는 얘기를 들었다. 새벽 2시부터 오후 7시까지, 프리랜서로 하루 평균 세 탕의 일을 하니까 쑥 캘 수 있는 때는 저녁뿐이었다. 들판에 있는 쑥은 방앗간에 납품 '알바'를 하는 할머니들이 다 훑고 지나간 시간. 엄마 아빠는 밤마다 할머니들이 공략할 수 없는 산에 올라 쑥을 뜯었다.

우리 둘째가 건강하게 태어나고, 엄마는 주말마다 우리 집으로 왔다. 아기 빨래를 하고, 밥상을 차리고, 청소를 하고, 그 밖의 시간들은 아기를 안고 있었다. 일생 단련된 강인한 팔뚝으로 우리 둘째를 들여다보면서 행복해했다. 아기가 건강하지 못했다면, 평생 짊어지고 살 딸의 운명 때문에, 하루에도 몇 번씩, 생각만으로도 지옥에 드나들었던 엄마는 말했다.

"사는 것이 이러코 기쁠 수가 없다이."

다시 봄, 엄마는 먼저 쌀 20kg을 씻어서 물에 담가 놓고 집을 나섰다. 고추 모종 심는 때라서 농약을 친 뒤였다. 엄마는 또다시 산으로 가야 했다. 하필 비가 많이 내린 다음 날이었다. 엄마는 40kg짜리 '크다 큰 차대기' 가득 뜯어온 흙탕물 쑥을 '말강물'이 나올 때까지 씻었다.

"내가 진짜 늙었는가비야. 내 맘처럼 몸도 젊은지만 알았는디⋯⋯." 하며 잠깐은 헛헛해졌다.

엄마는 쑥을 씻다가 방앗간에 부탁 전화를 걸었다. "미안하제만, 아직 기계를 멈추지 마씨요." 엄마는 김이 폴폴 나는 쑥 가래떡을 즉시 딸네 집, 동생네 집으로 부쳤다. 같이 굴비 엮는 사람들이랑 나눠 먹을 생각은 미처 못했다. 떡을 돌리지 않은 사태를 이해하지 못하는 엄마의 동료들은 아직도 "조금자 언니, 떡 언제 한다요?"라고 묻는다.

나는 1년에 두세 번 친정에 간다. 엄마 아빠는 외손주들을 데리고 아파트 놀이터에 간다. 친정집 아파트 미끄럼틀은 우리 둘째가 한 번 더 타자고 조른 특별한 장소가 되었다. 산책길에서 본 포구의 흔한 갈매기들은 우리 둘째가 오래도록 쳐다본 사랑스러운 미물이 되었다.

엄마는 가끔 당신 생업에 지장 받을 정도로 외손주들을 보고 싶어 한다. 딸이 바쁠까 봐 며칠간 참았다가 전화를 건다. 단도직입적으로 용건을 얘기한다. "느그 작은아들은 지금 뭐 하신디야?" 엄마는 우리 둘째가 영광 법성포 마트에서 척척 고르던 과자 얘기를 꺼낸다. 밥 잘 먹고 건강하라는 말까지 하고는 다시 통화를 이어간다.

"아따, 일 끝나고 올 때는 느그 작은아들이 법성포 구에서 '갈매기다!' 함시로(하면서) 한허고(한없이) 쳐다보던 것이 생생해야."

결국 엄마는 참지 못하고 우리 집에 왔다. 고추장 굴비와 함께. 엄마는 겨울부터 봄까지 굴비 200마리를 베란다에 내놓고 말렸다. 말린 굴비를 아빠랑 둘이 두드려서 뼈와 살을 분리시켰다. 찢어낸 살은 고추장에 매실액, 마늘, 깨를 넣고 고추장 굴비를 만들었다. 귀찮고 힘들어서 두 분이서 먹는다면 절대 하지 않았을 음식.

나는 일터에서 돌아오는 엄마 뒷모습을 본 적 있다. 배낭을 메고, 빨간 장화를 신고, 오로지 씩씩하게만 걷던 조여사. 기골이 장대하고 통 큰 당신의 유전자는 딸들에게 물려주지 않은 이기적인 우리 엄마. 나는 까닭 없이 어깨에 힘이 빠지고 몸이 땅으로 꺼지는 날에는, 조여사가 만든 고추장굴비를 먹는다. 조여사의 씩씩한 뒷모습을 생각한다.

☺

오메!
명절에 우리 딸들이랑
송편을 다 빚네이

"너는 느그 아빠한테 돈 한나도 안 벌어주고 시집
가냐?"

오래전, 고모할머니가 내게 한 말이다. 옳은 말씀!
나는 제때에 학교를 졸업하고 취직한 효녀가 못 됐다. 공
부 못해서 대학을 6년 다니고, 졸업을 앞두고는 결혼해버
렸다. 여느 집의 속 깊은 딸처럼, 명절 음식 준비하는 엄
마 옆에서 일손을 보탠 적 없다. 차려 놓은 제사상을 눈여
겨보며 "엄마 혼자서 고생했겠다."고 헤아린 적도 없다.

우리 엄마는 명절 한두 달 전부터 몸의 감각이 다 무뎌질 때까지 굴비 엮는 일을 한다. 밤을 꼴딱 새는 날도 많고, 집에서 잠을 자더라도 새벽 3시에는 일어나서 일하러 나간다. 굴비 20마리를 한 두릅으로 엮으면 400원, 500원, 600원. 엄마는 쪼그려 앉아서 하루에 300두릅까지 엮는다.

"나도 나이를 먹었는가비야. 죽은 사람인데끼 누워서만 있었씨야."

엄마의 삭신은 굴비가 선물로 많이 나가는 명절 때 더 쑤시고 아프다. 날마다 병원 가서 물리치료를 받아야 한다. 내가 엄마를 편하게 해주는 방법은 한 가지, 우리 남편을 안 데려가는 거다. "사위는 어렵제. 밥상에 공력을 들여야 한게."라고 하는 엄마의 짐을 덜어주는 거다.

뜻밖의 자유를 즐기던 남편도 나이 들었나. 집에 혼자 있는 게 외롭다고 했다. 작년부터는 기필코 따라나선다. 며칠 전에 엄마한테 전화했더니 "오지 마야. 느그 안 오믄, 나도 편하고 좋아야."라고 했다. 나는 부모님한테 갖다주려고 챙겨 놓은 인삼, 홍삼, 과일, 버섯 가루가 신경 쓰였다. 추석을 사흘 앞두고 다시 전화했다.

"엄마, 그냥 영광 집에 갔다가 바로 올 거야. 엄마 셋째딸하고 엄마 둘째 손주만 데리고 갈게."

"오믄 좋제. 내 몸이 고생시라워도 오믄 좋아. 조심 해서만 와라이."

둘째아이가 눈 뜨자마자 옷만 입히고 밥도 안 먹고 서 출발했다. 귀성 차량이 많아서 서해안고속도로 군산 에서 부안 구간은 밀렸다. 배가 고파왔다. 국도로 접어든 선운사 입구, 도착하려면 30분 남았는데 독촉 전화를 했 다. "엄마, 밥상 차려 놔." 언제부터 나와서 기다렸는지, 친정집 아파트 주차장에는 아빠가 서 있었다.

엄마는 우리 둘째아이를 보고서 얼굴이 환해졌다. "우리 강아지 생각만 하믄 한허고 좋아. 아무리 힘들어도 힘이 막 난당게." 엄마는 동그랑땡을 지지고, 굴비를 굽고, 김장김치를 새로 헐어서 밥상을 차렸다. 입맛 없다면서 우리 자매와 아빠 밥그릇을 합친 것보다 더 많은 밥을 먹었다. 동생 지현은 "조여사, 살아 있네!" 하며 놀렸다.

"완전 비상이었씨야. 느그가 갑자기 온다고 한게는 어젯밤 12시부터 지금까지 장만하고 있었다이."

"엄마! 날 새면 어떻게 해? 밥은 사 먹으면 되잖아."

"괜찮해야. (웃음) 사실은 초저녁에 잠깐 자기는 잤웅게."

엄마가 넓고 큰 양은대야를 가리키며 말했다. 그 안에는 동그랑땡 재료가 있었다. 그 옆에는 쌀 넉 되(6.4kg), 쑥과 모싯잎 넉 대(6.4kg)를 섞어 놓은 송편 반죽이 있었다. 우리가 시가에서 명절 지내고 친정 오면, 각종

나물과 전이 대형 김치 통에 가득가득 있고, 송편이 넓은 채반에 끝없이 있고, 항아리에 식혜가 있었는데, 이제서야 예사롭지 않게 보였다.

엄마는 밥 먹자마자 '장만' 준비에 들어갔다. 수십 년 동안 당신 혼자서 해온 일, 나이 예순 넘어서 철나기 시작한 아빠가 거들면서 같이 하는 일. "느그 아빠는 만들기 싫어갖고, 송편을 사람 얼굴만 하게 만들어버린다이."라고 고자질하는 엄마 얼굴이 해맑았다. 이 사람 저 사람한테 싸주려고 많이 하는 음식. 우리 자매는 밖으로 나가자고만 했다.

법성포는 백제불교가 처음 들어온 곳, 인도 스님 마라난타가 온 곳, 백제불교 도래지가 있는 곳. 친정집하고도 가까워서 엄마 아빠는 봄에 고사리 꺾으러 다니기도 한다. 꽃 피는 봄이면, 관광버스가 수도 없이 드나든다. 사이클 자전거를 타는 엄마는 쫄쫄이바지를 입고서 동료들이랑 관광객인 양 잠깐 오는 곳이다.

　　도래지는 우리가 봤던 절집과는 다르다. 일주문이
나 사천왕상이 없다. 간다라 양식으로 세워놓은 건축물
은 이국적이다. 햇볕은 뜨겁고, 도래지 터는 넓고. 아빠
는 그늘에 앉았다. 엄마랑 지현이는 "어디 좋은 데 여행
온 것 같다. 너무 좋다."고 감탄했다. 둘째아이는 산책길
너머로, 갯바닥을 기어 다니는 게를 본다고 나한테 안으
라고만 했다. 엄마는 인기를 잃더라도 할 말은 하겠다는
사람처럼 비장했다.
　　"내 강아지! 강아지가 내 딸을 안아줘야 쓰겄어. 이
리 오소. 할머니가 안아줄팅게. 아이? 할머니 말 좀 들어
야."

　　하늘은 맑고 높았다. 햇볕은 눈부셨다. 자동차 안은
어마무시하게 뜨거울 것이다. 나는 혼자 주차장까지 달
려가서 에어컨을 세게 켰다. 엄마가 산책하면서 수없이

쳐다본 동네 카페, "나 같은 사람이 어쭈고 가? 시키는 방법도 모르는디!" 낙담하게 만든 곳으로 차를 몰았다. 카페 맞은편에는 메밀꽃과 코스모스가 피어 있었다.

유난히 코스모스를 좋아하는 지현은 "꺄아!" 소리를 지르며 달려갔다. 사진 찍을 때만 아내에 대한 사랑이 폭발하는 아빠는 엄마를 채근했다. "빨리 오소!" 아빠는 이 세상에 카메라 울렁증이 있다는 걸 모르는 듯 환하게 웃는 엄마를 부러워했다.

"자네는 어쭈고 그렇게 웃는당가? 나는 얼굴이 안 펴진당게. 주름이 많아서 더 그럴까이?"

아빠는 팥빙수를, 엄마는 '도시 커피'인 아메리카노를 주문했다. 두 분은 생전 못 오는 곳인 줄 알았던 카페에, 딸자식 데리고 온 게 자랑스러운지 자꾸 주위를 둘러봤다. "아따 좋다이." 감탄하는 부모님을 바라보는 게 좋았다. 지현은 우리 둘째가 하자는 대로 카페의 테라스로 나가서 바다를 보고 왔다.

"자매(나를 이렇게 부름), 우리 엄마네 송편 만들어주
고 갈까?"

"그래! 근데 힘들면 끝까지는 못해."

송편을 잘 빚으면 예쁜 딸을 낳는다는 말이 있다.
공장에서 찍어낸 듯이 송편을 잘 빚는 우리 엄마는 딸 셋
을 낳았다. 키도 얼굴도 고만고만한 딸들한테 아직도 이
만하면 이쁘게 잘 낳았다고, 더 바랄 것이 없다고 자신 있
게 말한다. 어디 가서 그런 말은 꺼내지 말라고 해도, 엄
마는 당신 딸들이 빠지지 않는 미모라고 철석같이 믿고
있다.

딸들 마음이 변할까 봐 엄마는 송편 빚을 채비를 했
다. 결혼해서 처음으로 송편을 빚어본 지현은 엄마 솜씨
와 하나도 안 닮게 만들었다. 그러나 빨랐다. 나는 오로

지 질만 추구했다. 나중에 밥벌이를 못하면, 영광에 내려와서 모싯잎 송편 만드는 가게에 취직하고 싶다고 했다. 진지한 편인 엄마는 "내 지영이는 사장을 해야제. 고생스러워서 안 되네."라고 했다.

지현과 나는 어린 시절로 돌아간 듯 별거 아닌 일에도 낄낄대며 웃었다. 처량한 노랫소리에도 대폭소가 터졌다. 친정집은 복도식 아파트인데 어느 집에서 현관문을 열어놓고 조용필의 노래를 최대치로 크게 켜 놓았다. 지현은 도시 사람들은 배워야 한다고, 누구 하나 항의하는 사람이 없다고 웃었다. 엄마가 대꾸했다.

"같이 살던 어매 죽고 나서 저래야."
"슬퍼서 그래?"
"좋아서 그럴지도 모르제. 어매가 예순 다 된 아들을 그러케 볶아 먹었씨야."

엄마랑 지현은 송편 빚는 속도가 더 빨라졌다. 나는 스물다섯 개쯤 만들었는데 몰려오는 피로를 못 이겼다. 바로 누웠다. 〈도라에몽〉 만화를 실컷 보고 나서 직접 만든 카드를 가지고 놀던 둘째아이는 이불을 갖다가 나한테 덮어주었다. "오메, 꽃차남 없는 사람은 어쭈고 살까 몰라이." 나는 엄마 흉내를 냈다. 엄마도 맞장구쳤다.

"오메, 명절에 우리 딸들이랑 송편을 다 빚네이! 어쭈고 이렇게 좋은 날이 다 왔을까이."

☺

공명정대한
생일 선물

"내 지영이는 최고로 좋은 때에 태어났네이."

엄마는 해마다 토씨 하나 안 틀리고 똑같이 말하며
내 엉덩이를 두드렸다. 음력으로 쇠는 내 생일은 추수 끝
마칠 무렵이었다. 엄마는 액운을 쫓아준다는 팥을 듬뿍
넣고서 시루떡을 쪘다. 따뜻할 때 먹이려고 깨웠고, 나는
잠결에도 제비 새끼처럼 입을 벌리고 받아먹었다.

이제 아파트에 사는 엄마는 시루떡을 찔 아궁이와

가마솥도 없고, 볼을 부비면서 깨울 어린 딸들도 없다. 딸이 결혼할 때도 당신이 무슨 구두를 신을지 먼저 고민한 남자, 여름에는 긴 소매 옷을 사서 가을 패션을 대비하는 남자와 둘이 살고 있다.

아빠는 변함없는 사람이었다. 남들이 입은 체크 재킷이나 화려한 셔츠에 너무나도 쉽게 마음을 빼앗겼다. 나이 들면서 갑자기 좋아진 건 한 가지. 엄마가 시키는 심부름을 잘했다. 양파 사가지고 들어왔는데 바로 대파가 없다고 해도 군말 없이 또 마트에 갔다. 내 생일날 우리 집에 도착한 꽃바구니도 아빠가 성실하게 엄마 심부름을 수행한 결과였다.

"세상에서 제일 소중한 우리 딸 생일 축하한다.
_사랑하는 엄마 아빠가."

딸 셋 가진 아버지가 쓴 생일 카드치고는 너무나 경

솔해 보였다. 진심을 캐묻는 과정에서 필연적으로 가정 불화와 피바람을 동반할 수 있는 내용이었다. 다행스럽게도 아빠는 영토와 권력을 가진 '리어왕'이 아니었고, 우리 자매들은 내가 인스타그램에 올린 생일 카드를 읽고도 큰 의미를 두지 않았다.

나는 엄마 아빠가 보낸 꽃바구니를 책상 위에 올려 놨다. 방문을 열고 들어오면 향기가 훅 덮쳐왔다. 그게 좋았다. 어릴 때는 이 당연한 냄새와 향기들을 견디지 못했다. 아카시 꽃 향을 맡으면 코피를 흘렸고, 가마솥에서 뜸 들이는 밥 냄새가 싫다고 울었다. 장마 오기 전에는 사방에서 헛간 냄새가 나는 것 같다고 헛구역질을 했다.

먹을 게 귀한 시골에서 나는 국에 만 밥은 '개 밥 같다'고 안 먹었다. 국 따로, 밥 따로 주며 까탈을 받아준 우리 엄마는 대식가였다. 나는 무엇이든 맛있게 먹는 엄마가 너무나 신기했다. 엄마가 좋아한 음식은 특히 생것.

엄마는 피라미보다 조금 큰 물고기는 '대가리'만 떼어내고 그 자리에서 오도독오도독 씹어 먹었다.

방학 때는 면소재지에 있는 주산학원에 다녔다. 갈 때는 버스를 탔고, 올 때는 두 시간 동안 걸어왔다. 남동생 준다고 버스비로 산 핫도그를 한 입도 안 베어 먹고 그대로 집까지 가져온 적도 있다. 산 두 개 넘어서 지내는 시제를 따라가면 아이들한테 흰떡이나 한과를 줬는데, 나는 그대로 갖고 와서 동생 지현이한테 줬다.

그래서 엄마는 먹을 것 중에서 가장 크고 좋은 놈을 나한테 줬다. 내가 좋아한다고 딸기를 한 상자씩 사왔다. 야간자율학습 끝내고 오면 엄마는 식지 말라고 전기밥통에 넣어둔 양념통닭다리를 내놓았다. 눅눅한 닭다리를 보고 식욕이 동할 수 있나. 엄마는 뽀짝 다가와서 내 엉덩이를 토닥이며 말했다.

"내 지영이 줄라고 냉겨놨응게 한 입만 먹어보소."

까마득하게 먼 옛날, 엄마도 '먹는 게 곤혹'이라는 걸 체감한 적 있었다. 입덧할 때였다. 나를 임신했을 때는 동사무소 방위로 군 복무 중인 아빠, 고등학교 다니는 큰외삼촌이랑 광주에서 살았다. 끼니가 닥치면, 엄마는 헛구역질을 하면서도 쌀을 씻어 연탄불에 안치고 곤로에 불을 붙여서 국을 끓였다. 밥상 앞에 앉은 엄마는 항상 격렬하게 구토를 했다.

1970년대 남편들도 입덧하는 아내들에게 먹고 싶다는 걸 갖다 바칠 줄 알았다. 엄마는 외가에서 먹고 자란 육회나 숭어, 복숭아를 꼽지 않았다. 먼 나라에서 수입해 왔다는 바나나를 먹고 싶어 했다. 그때만 해도 바나나는 사치스러운 과일에 속했다. 시골에서 송정할머니가 부쳐 준 돈이 온 날, 엄마는 떨리는 손으로 바나나 껍질을 벗겨서 하얗고 부드러운 속살을 먹었다.

나는 광주 계림동 변산부인과에서, 동생 지현은 경

기도 성남의 산부인과에서 태어났다. 엄마 아빠는 도시에서 낳은 딸 둘을 데리고서 할머니 할아버지가 큰딸 배지숙을 맡아 키우는 시골로 내려갔다. 나는 원래 시골에서 태어난 아이처럼 타잔놀이에 심취했다. 다만, 학교 들어가기 훨씬 전에 혼자서 한글을 뗀 '촉망받는 인재'라는 점을 기억했다. 아이들이 둠벙에서 깨벗고 놀아도, 나는 팬티를 갖춰 입고 다이빙을 했다.

"오메! 네가 금자 딸이라고? 어쭈고 하나도 안 닮았디야?" 외가 동네 어른들은 가녀린 나를 붙들고 놀랐다. 나는 영영 엄마하고 안 닮을 줄 알았다. 아주머니가 된 지금은 결코 미인이 아닌 엄마를 닮아 있다. 분하게도, 웃을 때는 엄마처럼 조금 바보같이 보인다. 영광에 내려가서 눈에 안 띄게 서 있어도 생전 처음 보는 어르신들이 알은체까지 한다.

"응, 긍게 자네가 금자 딸이고만. 영락없이 탁했씨야."

그래도 엄마 안 닮았다고 우길 수 있는 영역이 남아 있다. 평생 육체노동자로 산 엄마는 고통을 대수롭지 않게 여긴다. 아침에 운동 갔다가 넘어져서 팔이 부러져 깁스한 것도 자식들한테 알리지 말라고 아빠한테 명령했다. 당신이 뭐 이순신 장군인가. 추석은 닥쳐오고 일주일 만에 "느그들 와도 밥을 못 차려줘야. 다쳤씨야."라는 고백을 했다.

나이 들어서도 자기 힘으로 먹고사는 어르신들은 자부심을 가지고 있다. 젊은 시절처럼, 자식들한테 뭔가 해줄 수 있어서 행복해한다. 쪼그려 앉아 몇 시간씩 굴비를 엮는 우리 엄마 어깨에는 힘이 들어가 있고, 눈은 반짝반짝 빛나고, 웃음소리는 호탕하다. 중년이 된 당신의 딸 생일에 20만 원씩 보내며 기뻐한다.

"엄마, 돈을 왜 또 보냈어?"
"엄마도 벌잖아. 쓸 디다가는 써야제."

"나는 엄마보다 훨씬 돈이 많은 사람이야. 영광에 있는 돈, 엄마가 다 벌기라도 했어?"

"우리 딸한테 보낼 만큼은 벌제라우. 맛있는 거 사먹으소."

"엄마, 배지숙(내 생일보다 보름 빠름)한테도 보냈어?"

"안 보냈제요. 1년 내내 느그 언니네 먹을 쌀 사서 보내제, 김치 담가서 보내제, 굴비 파지랑 반찬도 다 올려 보내는디, 돈까지 보낸다요? 우리 배지영이는 엄마한테 받는 것이 하나도 없잖애. (웃음)그런디 이거 비밀이야."

나는 엄마의 공명정대에 이의를 제기하지 않았다. 통장으로 들어온 생일 축하금을 '반떵'해서 언니한테 보냈다. 돈을 받은 이상 배지숙도 공범, 비밀이 새어나가지는 않겠지.

☺

근면 성실 말고는

별 매력 없는

조금자 씨의 칠순

"괜찮해야. 부족하믄 쓰가니? 해놓으면 누구라도
먹는 것이 음식이여."

손이 큰 엄마는 확고하게 말한다. 곰이 똑같은 음
식만 먹고서 사람으로 변신했다는 단군신화를 믿지 않는
다. 9남매의 큰딸로 자란 엄마는, 저장 식품이 아닌 나물
을 한 달 내내 먹을 만큼 무친다. 돼지고기를 갈아서 만드
는 동그랑땡은 김장김치 담글 때 쓰는 커다란 대야에다
가 반죽한다.

엄마는 일흔 살. 날마다 폭염 안내문자가 오던 8월 중순이 생신이었다. 우리는 외가 식구들과 펜션에서 하룻밤을 지내기로 했다. 이모들이 엄마한테 한 부탁은 한 가지였다. "아무것도 준비하지 말소!" 그러나 엄마는 김치와 간장게장부터 담갔다. 안 보고도 규모를 짐작할 수 있는 나는 엄마한테 전화를 걸었다.

"조금자 씨, 한국말 못 알아들어요? 그냥 좀 있어 봐."

"어쭈고 가만히 있겠소? 아직까지는 무슨 음식이든지 할 수 있는 기술자여라우. 느그 외삼촌들이랑 이모들한테 뭐이라도 해주고 싶은디요. 나물 서너 가지 해줄라고 깨도 볶아서 기름 짜가지고 왔어야. 깻잎장아찌도 담고, 깨강정이랑 떡도 했제. 인자 덕자(덕대, 병어보다 크다) 사서 회 뜨고, 찜 하고, 소고기 육회랑 구이 사믄 끝나야."

엄마가 스무 살이던 1968년, 외할아버지는 일꾼을

고용해서 논농사를 짓고 있었다. 잘한다고 알아주는 일꾼의 품삯은 1년에 나락 마흔 가마니. 외할아버지는 "우리 금자는 최고 일꾼하고도 안 바꾼다이."라고 자주 말했다. '또랑'에 투망 치고 잡은 붕어를, 그 자리에서 머리만 떼어내고 바로 큰딸 금자한테 먹으라고 줬다.

일꾼은 제때 자고 일어났다. 한없이 가물었던 그해 여름, 외할아버지는 큰딸만 데리고 논에 다녔다. 모기에 뜯기면서 깊은 밤까지 물꼬를 지켰다. 비가 퍼붓고 벼락이 치는 새벽에는 단잠 자는 큰딸 금자만 깨워서 물꼬를 트러 갔다.

"아부지! 학교에 더 다닐라요. 아부지 따라댕김서 농사짓기 싫어라우."

엄마는 외할아버지에게 그 말을 하지 못했다. 다 큰 딸한테 장정들이 신는 타이어 고무신을 사주는 외할아버지한테 예쁜 신발을 신고 싶다는 말은 더 꺼내지 못했다.

논으로 밭으로 다녀도 좀처럼 떨어지지 않던 고무신. 엄마는 칼로 찢어버렸다.

외할아버지가 또 남자 신발을 사온 날, 엄마 가슴에는 분노의 불씨가 타올랐다. '시집만큼은 내 맘대로 가자!' 엄마의 인생 목표는 분명해졌다. 때마침 친척 아주머니가 소개해준 남자는 첫인상이 좋았다. 유머도 있었다. 외할아버지는 그 남자만은 안 된다고, 생활력이 없어 보인다고 반대했다.

"아부지, 나 그 사람이랑 결혼할라요!"

앓아누운 외할아버지 앞에서 엄마는 밥을 굶었다. 가까스로 허락을 받은 엄마는 스물한 살에 결혼했다. 외할아버지의 예언은 맞았다. 엄마는 논밭에서, 식당 주방에서, 아파트 건설 현장에서, 굴비 엮는 가게에서 일하며 자식 넷을 길렀다. 장대한 몸매에 강인한 팔뚝을 가진 아주머니로 살았다.

"느그 엄마는, 근면 성실 말고는 별 매력이 없는 사람이어야."

아내한테 평생 기대서 살아온 아빠의 평가는 야박했다. 엄마의 인생이 외롭고 고단할 수밖에 없었다. 그러나 엄마는 사소한 일에도 웃는다. 집 안이 떠나가도록 한바탕 웃고 나서는 "살아가는 일이 이러코 기쁠 수가 없다이."라고 말한다.

내가 자란 산골의 집, 논과 선산, 어느 면소재지의 방 다섯 칸짜리 집, 어느 읍내의 아파트는 아빠가 보증을 서는 바람에 날아갔다. 셋집에서 셋집으로 옮겨 다닌 엄마는 예순 살에 당신 이름으로 된 집을 샀다. 우리 자매들이 살아본 적 없는 법성포구에서, 친정 부모님이 사는 이유다.

엄마가 사는 아파트 옆에는 오래된 마을이 있다. 돌담길은 사람이 살지 않는 빈집까지 껴안고 이어진다. 마

을이 끝나는 곳에는 도시의 소공원처럼 운동기구를 들여
놓고 가꾸어 놓았다. '인의산 둘레길'이라는 커다란 표지
판까지 서 있다. 바로 우리 엄마가 걷는 길이다.

두 갈래로 나뉘어 있는 둘레길. 사람들이 많이 다니
는 곳은 경사진 헬기장 코스라고 한다. 엄마는 적당한 오
르막길과 내리막길이 있고, 자갈을 깔아 놓아서 지압까
지 되는 두 번째 코스를 좋아한다. 여름, 그 길은 잡풀과
칡순으로 무성해져버렸다.

"면사무소에 몇 번을 전화해도 안 비어줘야. 그 좋
은 길을 그냥 놔두면 쓰가니? 아침마다 낫을 싹싹 갈아갖
고 풀을 비면, 착착 잘 나가. 올여름은 너무 더웠잖애. 걸
어가다가 비다가 했제. 그 이튿날에 말끔한 것을 보는 재
미가 있어야. 근디, (웃음)산을 비는 사람이 어디가 있겄
냐이?"

선비가 갓을 벗어서 죽순에 걸어놓고, 대밭에서 똥을 누는 사이에도 죽순은 쑥쑥 큰다. 옛이야기 속의 선비는 체면을 버리고 폴짝 뛰어서 갓을 잡았다. 여름날의 잡풀도 죽순 같은 속도로 자랐다. 엄마가 베어낸 풀은 기를 쓰고 자라서 또 칡순과 엉키고 있었다. 그대로 두면, 길을 막을 게 빤했다.

엄마는 시멘트 바닥에 쪼그려 앉아서 굴비 엮는 일을 한다. 늘 다리가 아프고, 눌리는 쪽인 오른쪽 장딴지는 핏줄이 터질 것만 같았다. 날마다 둘레길을 걸으면서 엄마의 다리는 젊은 시절처럼 가벼워졌다. 웅크리고 일을 하다가 일어날 때도, "오메~ 오메~" 신음하지 않게 되었다.

그저 걷기만 했는데도 활력과 자신감을 주는 둘레길. 엄마는 다시 낫을 들고 걸으면서 잡풀을 베어냈다. 공을 들인 만큼, 둘레길은 멀끔해지는 중이었다.

"으하하하하하하하! 내 나이 칠십 살에 이런 날이 다 와야. 오늘 아침에 산에 올라가 봉게는, 면사무소에서 예초기로 풀을 싹 비어 놨드라. 그 기분을 이루 말할 수가 없다이. 크나큰 선물을 받은 것 같제. 백만 원, 천만 원 받은 것보다 더 좋아야."

엄마는 자식들이 주는 용돈을 받지 않는다. "나도 일해라우."라고 하면서 굴비 엮는 알바를 다닌다. 굴비를 20마리씩 한 두릅으로 엮으면, 크기와 종류에 따라서 받는 돈이 다르다. 엄마가 일하고 와서 수첩에 '171, 500, 다정'이라고 썼다면, 다정이라는 굴비 가게에서 500원짜리 굴비를 171두릅 엮었다는 뜻이다.

일한 만큼만 버는 돈. 엄마는 항상 돈에 쪼들렸다. 네 아이 등록금을 내고 한숨 돌리면, 다음 학기 고지서가 날아들던 삶. 더 이상 가르칠 자식이 없어서 홀가분한 엄마는 외삼촌들과 이모들이 주는 칠순 축하금을 단호하게 거절했다. 여수에서, 인천에서, 광주에서 와준 것만으로도 고맙다고 했다.

더 바라는 게 없다는 엄마는 당신의 동생들이 떠나고 나서야 울컥했다. 가난하게 산다고, 외할아버지 환갑잔치에 안 갔으니까. "그때 느그 외할머니 마음이 얼마나 아펐을끄나?" 하면서 목이 메었다. 그러나 큰딸을 일꾼으로만 여긴 외할아버지는 그립지 않다고 했다.

거짓말이다. 엄마는 외할아버지의 식성까지 닮았다. 도랑과 개울과 강물이 맑았던 시절, 가물치를 잡아서 고아서만 먹고 회를 떠서 먹지 않은 게 한이라고 했다. 보증을 서서 논밭을 잃은 것보다 싱싱한 가물치회를 실컷 먹지 못한 얘기를 몇 번이나 했다.

22년 전, 죽음을 앞둔 외할아버지는 우리 엄마에게만 특별한 유언을 남겼다.

"금자야! 날씨가 섭씨 20도로 내려가야지만 생것을 먹어라이."

온 나라가 불가마처럼 끓어오르던 여름날, 조금자 씨의 칠순 잔칫상에 생것이 빠질 수가 있나. 엄마는 법성포구에서 파닥파닥거리는 덕자 다섯 마리를 샀다. 두툼하게 회를 떠서는 사랑하는 동생들과 맛있게 나눠 먹었다.

엄마는 이제 아침부터 밤까지 돈 버는 일을 하지 않는다. 당신에게 시간을 쓰기 위해서 굴비 엮는 알바도 선택해서 다닌다. 영원히 못 배울 것 같던 카톡을 익혀서 딸들에게 보내는 사람, 지금 이 순간이 최고로 좋다고 표현하는 사람, 자신을 위해서 걷는 사람이다.

남자가 부엌에 들어가도
꼬추가 떨어질 일이 없어

며느리 대신
탐구하는
시아버지가 어디 있어?

큰아이 생일날 아침이었다. 남편은 국을 끓이면서 반찬을 만들었다. 나는 찰밥을 맡았다. 팥을 삶고 찹쌀을 넣는데 물을 얼마만큼 넣어야 할지 나도 모르고 남편도 잘 몰랐다. 그래서 시가에 전화를 걸었더니 아버지가 받았다.

"아버지, 긴급이요, 긴급. 어머니 바꿔 주세요."
"느그 어머니 화장실에 있다. 왜 그러냐?"
"아버지 찰밥이요. 물을 얼마만큼 해요?"

"팥을 푹신푹신하게 삶았냐? 삶았으면 물을 짤박짤박하게 넣어라. 안 많게."

내가 아버지를 처음 뵈었던 날에도 아버지는 어머니와 함께 부엌에서 무언가를 만들고 있었다. 거실에 서서 머쓱해하는 나를 보고 아버지는 웃으면서 "야야, 우리는 이렇게 산다."라고 했다.

남편과 결혼하고 나서 시가에 반찬 가지러 갈 때마다 전화를 먼저 했다. 어머니가 동네 마실 나가고 안 계시면 아버지한테 "우리 지금 가요."라고 말했다. 속뜻은 '우리 지금 밥 안 먹고 가요.'였다.

아버지와 어머니는 밥상을 차려 놓고 우리 식구를 기다리고 있었다. 평소에 아버지는 밥때를 조금만 지나쳐도 배고프다고, 밥 생각 없다는 어머니를 채근해서 같이 식사를 했다. 자식들이 간다고 하면 기다리고 있다가 반갑게 "어서 와라. 얼른 먹자." 하면서 수저를 들었다.

아버지와 어머니, 5남매의 남편들과 아내들, 그 손주들까지 모이는 시부모님 생신날. 모두 밤 깊도록 고스톱을 치고, 한쪽에서는 노래방 기계를 켜 놓고 노는 걸 좋아한다. 다음 날 아침에 일찍 일어나는 건 힘들다. 아침잠이 없는 아버지는 마당을 쓸고, 혼자서 밥상을 차렸다. 밥 먹고 다시 자라고 식구들을 깨운 적도 있다.

결혼한 지 십수 년, 내가 따로 아버지 어머니 밥상을 차려드린 적은 없다. 그저 아버지는 나보고 많이만 먹으라고 했다. 막내며느리가 특별히 좋아하는 캔맥주 브랜드를 알게 된 아버지는 선물이라면서 상자째 캔맥주를 우리 차 트렁크에 실어준 적도 있었다. 딱 한 가지만 당부했다.

"명심해라. (웃음)아버지보다 더 빨리 먹으면 안 된다."

결혼하고 한 달간 시가에서 살았다. 차려주는 아침 밥 먹고 몸만 말끔하게 빠져나왔다가 밤에 또 차려주는 밥 먹는 생활을 했다. 그 무렵 아버지 친구 기성이 아저씨가 집에 와서 "인자 막내까지 다 여우니까 걱정 없제? 막내며느리 들인 게 좋은가?"라고 물었다. 아버지는 허허 웃으면서 "자(쟤)는 며느리가 아니라 학생이여, 학생."이라고 했다.

아버지는 나에게 전통적인 며느리의 역할을 바라지 않았다. 내가 뭐라도 하려고 하면 "네가 이걸 할 수 있겠냐?" 하면서 그저 웃었다. 내가 찢어진 청바지를 입거나 어깨를 다 드러낸 옷을 입어도 "아버지가 옷 하나 사주까?"라고만 말했다.

언젠가 내가 함께 공부하는 아이들을 데리고 갯벌에 간 적이 있다. 전날, 아버지한테 전화해서 지금 갯벌에 가면 뭘 주로 잡느냐고 물어봤다. 아버지는 이것저것 알

려주고는 "그런디, 어디 갯벌로 갈라고 그러냐?"라고, 정
답을 말해야 하는 질문을 했다.

다음 날, 내홍도 갯벌에서 아이들과 놀고 있는데 아
버지와 친구 기성이 아저씨가 보였다. 눈이 마주쳤는데
도 나보고 알은체를 안 했다. 내가 아버지 쪽으로 가까이
다가가면 아버지는 저쪽으로 피했다. 집으로 돌아가려고
준비할 때야 아버지가 멀리서 손짓으로 나를 불렀다. 아
버지가 캔 조개를 몽땅 가져가라고 했다.

"네가 그래도 선생인데, 조개도 못 잡으면 쓴다냐?"

그러니까 아버지는 아이들한테 나눠줄 조개를 다
내가 잡은 걸로 하려고 모르는 사람인 척 해준 거였다.

나는 툭하면 아버지한테 전화를 했다. 시가 동네는
언제 간척됐는지, 만경강 하구에 도둑게가 언제 나오는
지, 쫑찡이(도요새)가 떼를 지어서 가장 힘차게 나는 때는
언제인지, 옛날에 선거할 때 진짜로 집집마다 돈을 줬는

탐구를 해다 줄 판이니까."

아버지 말을 적다 말고 웃음이 터져 나왔다.

"아버지, 근데 뭐가 궁금해질지 어떻게 미리 아냐고요?"

전화기 너머로 아버지의 웃음소리를 들으면 아버지의 인자한 얼굴이 그려졌다. 상견례하는 날 아버지는 우리 부모님한테 애써 키운 딸 보내주셔서 고맙다고 몇 번이나 말했다. 가을걷이하고 나서는 우리 친정 부모님에게 한 해도 거르지 않고 햅쌀을 보내주었다.

장손으로 태어나 네 살 때 엄마를 잃은 아버지. 두 명의 새어머니 아래에서 일제강점기와 한국전쟁을 거치며 신산하게 살아온 아버지. 첫딸을 낳자마자 첫사랑 이름을 따서 짓는, 대책 없는 낭만을 발휘했던 아버지. 한때는 축구선수로, 마을 이장으로, 동네 분위기 띄우며 꽹과리 치는 '꽹맥이'로 살아온 강호병 씨가 내 시아버지다.

글루미 선데이,
'아버지의 강'에
가다

남편은 '소파 선생'이다. 주말이면 소파에 누워서 리모컨 누르는 것을 좋아한다. 그러나 주말에도 약속이 많아서 소파 선생의 본분을 지키기 어렵다. 나는 '글루미 선데이'다. 집 안에서 주말을 보내면 우울하고 힘이 없다. 인생의 패배자가 된 것 같다. 아이는 혼자 집에 있을 수 있다고 우기지만 아직은 보호자 옆에서 주말을 나야 한다.

식구들이 다 모여서 주말을 오롯이 함께 보내는 건

한 달에 한 번꼴이다. 그런 날이면 남편은 느지막하게 일어나 밥을 한다. 날씨가 추울 때는 먹고 나서 다시 뭔가 먹을 것을 만들어서 아이와 나를 사육한다. 날이 풀리면 일정이 달라진다. 아침 겸 점심을 먹고 나서 과일을 깎고, 차를 우려서 도시락을 만든다.

집에서 나서는 시간은 한낮, 남편은 대천이나 목포에 가자고 하지만 하릴없이 길 위를 배회하다가 가는 곳은 딱 한 군데다. 남편이 나고 자란 곳, 부모님이 살고 계신 곳, 군산시 옥구읍 수산리에 있는 만경강 하구다. 밀물 썰물이 있고, 염전이 있고, 칠게와 도둑게, 숭어와 망둥어가 살던 곳을 동네 사람들은 '강'이라고 부른다.

강으로 가는 길은 외길이다. 들녘을 따라 곧게 뻗어 있는 길에는 전봇대가 나란히 서 있다. 처음 왔을 때는 "강이라며? 강에 무슨 갯벌이 있냐?"고 따지듯이 물었다. 남편은 김훈의 『자전거 여행』에 나오는 것처럼 '달이 하루에 두 번씩 바닷물을 끌어당겼다 놓아서 밀물 썰물이 생기고, 그때 바닷물은 모든 서해의 강 하구로 흘러들어온다.'고 하지 않았다. "강이지, 강."이라고 할 뿐이었다.

아이는 강에서 강아지풀만 가지고도 오래 놀았다. 아이가 서 있는 풀섶에는 도둑게가 많았다. 바다와 육지를 오가면서 사는 도둑게는 사람 사는 부엌에 들어와 밥까지 훔쳐 먹어서 붙은 이름이다. 집게가 빨갛고 내 주먹만 한데 산란기가 되면 바다로 나온다. 그때가 5월쯤인데 나는 게를 잡아서 아이한테 들이밀다가 물려서 비명을 질렀다.

강둑 위를 걸으면 셀 수 없이 많은 쫑찡이들이 우리 머리 위로 바짝 날았다. 커다란 종이에 철가루를 뿌려놓고 자석으로 움직이는 것 같았다. 영화 〈매트릭스〉에서 키아누 리브스가 총알 피하는 것처럼 우리는 몸을 뒤로 젖혔다. 늘 갑작스럽게 당하는 일이라 사진으로 남길 수가 없었다.

만경강 하구는 해마다 4월이면 쫑찡이가 날아왔다. 호주나 뉴질랜드에서 출발해 남편이 살던 동네까지, 며칠을 쉬지 않고 단숨에 날아왔다. 쫑찡이들은 헤엄치거나 잠수하지 못한다. 그래서 갯벌이나 염전에서 쉬며 갯지렁이 · 조개 · 고둥 · 게를 잡아먹는다. 몸을 아껴 활력을 되찾으면 시베리아로 날아간다.

"갸들은 어디 가들 않는가벼." 아버지는 쫑찡이가 텃새인 줄 알았다. 지금처럼 모판에 볍씨를 뿌리지 않고 물못자리를 하던 시절에, 쫑찡이들은 볍씨를 먹는 얌체 짓을 했다. 그래도 군산시 옥구읍 수산리 사람들과 만경강 하구 갯벌과 옥구 염전은 '갸들'에게 곁을 내주었다.

지금은 많은 것이 달라지고, 사라졌다. 옥구 염전은 새만금 간척사업을 시작할 때 그 운명이 정해져 있었다.

공사를 당해낼 장사가 없었다.

달은 더 이상 바닷물을 옥구 염전까지 몰고 올 수 없었다. 염전은 폐전됐다. 그래서 쫑쩡이도 줄었다. 새만금 방조제 제4공구가 마무리되자 강의 갯벌이 단단해졌다. 차를 몰고 들어가는 사람들까지 생겼다.

아버지는 농부다. 그러나 강이 살아 있을 적에는 망둥어, 숭어, 게, 새우를 잡는 어부이기도 했다. 젊은 시절 농한기 때면, 22만 평의 옥구 염전에서 일하던 염부였다. 소금은 만들거나 생산한다고 하지 않는다. 소금을 '온다'고 하는 것도 아버지에게 배웠다. 그래서 나는 강을 '아버지의 강'이라고 불렀다.

'아버지의 강'에 들른 주말이면, 이전에 알고 있던 것도 더 자세히 알고 싶어진다. 아버지한테 말을 건네고 싶다.

"아버지, 언제 오는 소금이 좋은 거예요?"

"송진 가루가 날리는 4월에서 6월이 좋아. 그때가 최고여."

"소금에 소나무향이 배어들어요?"

"(내 며느리가 돌대가리인가? 몇 번을 말해도 그러네) 이놈의 새끼 봐라. 딱 그때가 좋다는 뜻이제. 소금을 앉힐라면 강물을 가둬 둬, '난치'에서 '난치'로 내려보내면서 이틀이고 사흘이고 쪼려. 그렇게 해야 소금이 와. 장마 뒤에 앉힌 소금도 좋아. 비가 오면 소금 판을 씻어내니께 깨끗한 소금이 되제. 가을 닥치면 '누가리'여. 소금이 써."

아이는 가을에 온 소금처럼 인상을 찌푸리게 만든다. 이제 강에 와도 걷지 않는다. 차 안에 남아 텔레비전을 본다. 우리 부부는 강둑을 걷는다.

남편은 어릴 때 강에서 놀던 얘기를 한다. 배고프면 갯벌에서 조개를 잡아서 구워 먹었다. 염전 옆 '똘'에서 헤엄치며 놀았다. 그러나 물에는 물귀신이 살고 있어서 한 번씩은 동네 아이를 잡아갔다. 남편도 어릴 때 보았다.

산골에 살던 나는 여름이면 '둠벙'에서 개헤엄을 치며 놀았다. 어느 해 여름에는 물귀신이 잡아간 남자아이를 봤다. 위로 누나가 열두 명이 있던 아이였다. 그렇게 세상을 뜨면 '똥꼬'가 벌어진다. 어른들은 숨이 멈춘 아이를 잿더미에 놓아두면 항문이 닫혀서 다시 살아난다고 했다. 간절한 바람대로는 되지 않았다.

우리 식구는 강에서 나오면 아버지 어머니가 살고 계신 집으로 간다. 거실에 누워서 잠들기도 한다. 도시락을 먹었어도 허전한 날은 저녁이 될 때까지 기다려서 밥을 먹는다.

우리가 어머니 집에서 쉴 때 쫑쯩이들은 갈 곳을 잃어 헤매고 있다. 이제 갸들은 물귀신이 데려간 아이처럼,

다시 못 오는 것인가. 언제나 개발 중인 사람의 땅, 차라리 쫑찡이들이 시베리아에서 뉴질랜드까지 단 한 방에 날 수 있는 길이 있었으면 좋겠다.

열네 번에서
두 번으로 줄인
종가 제사

동서는 시어머니가 돌아가시는 꿈을 꾼 적 있다고
했다. 너무나 선명해서 잊히지 않는다고 설명했다. 어머
니가 이 세상에 안 계시는 것보다 덜컥 가슴이 내려앉는
일은 따로 있었다. "제사 어떡해요? 제사 어떡하냐고요?"
동서는 차갑게 식은 어머니를 붙잡고 하염없이 울었다고
했다.

우리 시가는 종가다. 어머니는 종가의 맏며느리로
시집와서 1년에 제사 준비를 열네 번씩 했다. 지금처럼

부엌 시설이 잘돼 있는 것도 아니었다. 아궁이에 불을 때서 음식을 장만하고 떡도 손으로 직접 했다. 허리 한번 제대로 펴지 못한 채 전을 부치고, 묵묵히 밥상을 차리고 치웠다고 한다.

어머니는 10년 넘게 제사를 모신 다음에 마음속에 든 말을 꺼냈다. 당신의 시아버지에게 제사를 줄이자고 말씀드렸다. 1970년대 초반이었다. 내가 영정 사진으로만 뵌 시할아버지와 제사상에 절하는 40여 명의 강씨 남자들은 크게 화를 냈다. "제사를 그렇게 모신다니 있을 수 없는 일이다!" 입에 담는 것만으로도 대단한 불효라는 말까지 나왔다.

"형! 며느리가 잘나면 그런다네."
시할아버지는 불편한 마음을 대놓고 드러냈다. 어머니는 열네 번의 제사 중 열 번은 시제로 모시고, 1년에 네 번씩만 지내자고 했다. 시집가고 나서도 친정 제사에

참석하던 강씨 딸들(어머니한테는 시고모들)이 강씨 집안 며느리는 대대로 단명한 점을 짚었다. 아버지도 제사 줄이자는 데 힘을 실어주었다.

그 뒤로 30여 년 동안 어머니와 아버지는 1년에 제사를 네 번만 지냈다. 작은며느리인 나를 맞고 나서는 다시 제사를 합쳐서 1년에 두 번만 지낸다.

"야, 너 엄청 고생하겠다."

사람들은 우리 시가가 종가라고 하면 나를 위로한다. 하지만 우리 어머니 아버지는 당신들이 살아 계시는 동안에는 아들 며느리들에게 제사에 대한 짐을 지우고 싶지 않다고 했다. 명절이나 제사 닥치기 일주일 전부터 두 분이서 준비를 차근차근 한다.

얼마 전 시가 제사 때였다. 그전에는 대부분 시할아버지 제사인지, 시증조할아버지 제사인지, 시할머니 제사인지를 따지지 않고, 불편한 마음으로 시가에 있었다. 그날은 문득 시가의 제사를 기록하면 어떨까 싶어서 어머니한테 물어봤다.

"제사상 사진 찍어도 돼요?"

"야 좀 봐라. 인제 나도 늙어서 간단하게만 하고 싶어서 별로 안 차린 것인데. 그런 제사상을 찍으면 안 되지. 찍을라면 예전에 찍었어야지."

그때 아버지가 허허 웃으면서 말했다.

"찍어라. 네가 하고 싶으면 찍어야지. 쟈가 하고 싶다는디 뭐 하러 못 찍게 해? 걱정허들 말고 찍어라."

지금이야 두 분에게 여유가 있지만 젊은 시절에 아버지 어머니는 제사 돌아오는 것이 두려웠다고 했다. 제사야 어떻게든 지내면 그만이지만 찾아온 많은 친척들을 먹이고, 다시 음식 싸 보낼 일이 아득하기만 했다. 아이들은 제삿날 쌀밥과 고깃국 먹는 재미로 밤 12시까지 기다리고 있었다.

어머니는 또 새로운 제사 개혁안을 내놓았다. 제사를 한밤중까지 기다리지 않고, 저녁밥 먹는 시간에 지내자는 거였다. 시대가 변했으니 그렇게 하자는 사람들도 있었지만 군대에서 정년퇴직한 오촌은 "제사 줄이고 합친 것도 걸리는데 제사 시간만은 지켜야 한다."고 강력하게 주장했다.

그렇지만 어머니는 젊은 시절에 열네 번 지내던 제사를 네 번으로 줄이던 것처럼 굳세게 버텼다. 당신이 지금 바꾸지 않으면, 당신 아들과 며느리들은 평생 친척들 올 때마다 상 차리고 있을 거라면서. 숨 돌릴 틈도 없이 깊은 밤에 또 제사상 차리고, 그 상 치워서 또 밥 차리고, 그러면 새벽이라고. 당신 살아 계시는 동안에 꼭 일찍 제사 지낼 거라고 선언했다.

남자가 부엌에 들어가도 꼬추가 떨어질 일이 없어

아버지는 저녁 7시에 제사를 지냈다. 밥 먹고, 치우고, 친척들도 일찍 돌아갈 채비를 했다. 어머니는 제사 지내는 횟수와 시간에는 변화를 가져왔지만 어렵던 옛날처럼 친척들에게 떡과 생선, 과일을 챙겨 보냈다. 나는 마당에서 친척들 돌아가는 모습을 보는 아버지한테 갔다. 인기척을 느낀 아버지가 먼저 말했다.

"내 제사는 지내도 그만, 안 지내도 그만이다. 제사라는 것이 돌아가신 분을 잊지 않고 후손들이 모여서 나눠 먹는다는 것에 의미가 있는 거지. 그러니까 아버지 말은, 제사는 아침이든, 낮이든, 밤 12시든, 상관없어."

"아버지, 근데 어머니가 제사 시간 옮기자고 할 때 찬성하셨어요?"

"나는 느 엄마가 하자는 대로 하지."

다음 날 아침, 나는 시가에 전화를 했다. 어머니는 물리치료 받으러 병원에 가고 아버지 혼자만 집에 계셨다. 괜히 머뭇거리니까 아버지가 먼저 물었다.

"아침부터 뭔 전화냐?"

"그냥 해봤어요."

"제사 얘기 더 물어볼 것 있냐? 사람은 죽으면 그만
이다. 살아 있을 때 잘 살아야지, 다 필요 없다. 내 제사는
참말로 안 지내도 그만이여."

배추 600포기 담는
김장이
별거 아니라는 마음

날씨가 추워졌다. 시가에 전화했더니 아버지가 받았다. 하루 내내 아버지는 어머니와 큰시누이랑 셋이서 밭에 있는 배추를 뽑아다 씻어 소금에 절이는 일을 했다고 한다. 전혀 모르는 이야기였다.

"아버지, 그럼 내일 오전에 들를게요."
"오지 마라. 아버지가 다 알아서 하니까 오지 마. 네 일도 있는데 뭐 하러 와?"
"(웃음)저도 실력 발휘 한번 해야죠."

다음 날 오전에 시가에 갔다. 마당에는 임시 비닐 막사가 지어져 있었다. 그 안에 커다랗고 깊은 고무 대야가 다섯 개 있는데 모두 소금에 절여놓은 배추가 들어 있었다. 김치를 그렇게 많이 담그는 줄 몰랐다. 텃밭에서 자란 배추들을 뽑아왔는데 얼추 600포기는 넘을 거라고들 했다.

어머니는 비닐 막사에서 양념거리로 쓸 파를 다듬고 있었다. 날씨가 추우니까 몸을 웅크리고 일했다. 이렇게 대규모로 김장하는 광경은 태어나서 처음 봤다. 사흘에 걸쳐서 첫째 날은 배추를 소금에 절이고, 둘째 날은 소금에 절인 배추를 씻어서 물을 빼고, 셋째 날이 되어야 양념에 버무린다는 것을 알았다. 이 거대한 김장 작업 앞에서 어떻게 해야 할지 몰라서 엉거주춤 서 있었다.

아버지는 마당 한켠에 임시 아궁이를 만들어 솥을 걸고 불을 땠다. 양념 버무릴 때 국물로 쓰려고 양파와

무, 다시마, 등피리(크고 넓적한 멸치)를 넣고 삶았다. 그러고 나서는 나를 불렀다. 담에 널어놓은 시래기를 사진 찍기 좋게 펼쳐줬다.

"시래기 엮은 것 좀 봐라. 아버지 솜씨 좋지야?"
"네. 근데 아버지, 저 오니까 좋죠?"
"좋기야 하다마는. 네가 뭘 할 줄 아냐? 있으나 마나 하지. (웃음)그저 건달 일꾼이여."

아버지는 시계를 한번 봤다가 나를 바라봤다. 어서 일하러 가라고만 했다. 결국 내가 김장 돕는다고 한 일은 배추 씻을 때 물 호스 잠깐 잡아주기, 김장하는 식구들 사진 찍기가 다였다. 마당 끄트머리에 떨어져 있던 시이모는 아버지한테 말했다.

"형부는 며느리가 그렇게도 이쁜가요? 지영이가 눈앞에서 왔다 갔다 하는 것만 봐도 웃음이 나세요?"

"허허허."

아버지는 그냥 웃었다. 금방 돌아가는 게 머쓱해진 나는 아무 말이나 했다. 중요한 일꾼 한 사람이 빠져서 이 김장이 제대로 되려나 모르겠다고. 시이모는 나도 너처럼 좀 뻔뻔해봤으면 좋겠다고 하면서 식구들과 눈을 마주치고 웃었다.

그다음 날 오전에 다시 도착한 시가. 아버지와 어머니는 아주 피곤해 보였다. 두 분이서 밤이 깊도록 양념에 들어갈 파, 무, 생강, 마늘을 다듬고 썰고 준비했다. 다행스럽게도 아침에는 큰시누이와 친구 두 명이 왔다. 동네 사람들도 합세했다.

사람들이 많으니까 꼭 잔치 준비를 하는 것 같았다. 아버지는 김장 안 하고 먹고 놀아도 된다면서 군고구마를 내왔다. 사람들이 둥그렇게 둘러앉자 어머니는 옛날

얘기를 했다. 매운 시집살이를 시키는 시어머니라도 빨래하는 며느리한테는 밥을 주고, 김장하는 며느리한테는 밥을 안 줬다고 했다. 배춧속이 그만큼 속을 든든하게 만든다는 뜻이었다.

양념을 막 배추에 버무릴 때에 나는 다시 일터로 돌아와야 했다. 마음은 복잡했다. 우리 부부가 둘이서 김장할 날은 오지 않을 게 분명했다. 시가 식구들이 고생하는 것도 싫고, 친정엄마가 보내주는 김치도 부담스러웠다. 차라리 사 먹는 게 나을 것 같았다.

퇴근했더니 남편이 그새 시가에 다녀온 모양이었다. 막 담근 김장김치 열두 통을 갖다가 김치냉장고에 넣어뒀다. 남편은 수육을 하고, 배추쌈 하려고 노랗고 실한 배추를 씻어서 밥상을 차렸다. 맛있게 먹고 난 뒤에 나는 시가에 전화했다.

"어머니, 고맙습니다. 근데 내년부터 김장하지 마세요."

"왜 그러냐?"

"우리 식구 때문에 김장하시는 거잖아요. 다른 형제들은 각자 할 수 있잖아요. 어머니 김장은 큰시누이가 담가준대요. 내년부터 저희는 친정에서 갖다 먹으면 돼요. 그러니까 우리 걱정 그만하세요."

"느 큰성(큰시누이)은 딸이라 어머니 생각해서 그러는 것이지. 나는 느 집 김치냉장고를 꽉 채워준다고 생각하니까 안 힘들고 좋기만 했다. 우리가 더 늙어서 이것도 못하게 되면, 그때 느 친정엄마한테 해주라고 하든지, 사먹든지 하면 되지. 느 아버지가 몸 움직일 수 있는 동안은 꼭 느들을 먹이고 싶다고 했다."

전화 끊고 소파에 가만히 앉아 있었다. 먹먹했다. 내가 아무리 '엄마 노릇'을 오래오래 한다고 해도, 우리 아버지와 어머니의 마음 씀씀이에는 다다르지 못할 거다.

시아버지
환상적 투망질,
모두 빵 터졌다

7월의 마지막 주말이었다. 시부모님, 큰시누이네 식구, 작은시누이네 식구와 계곡에 놀러 갔다. 아버지가 화장실에 꼭 가야 해서 길 가다가 어느 파출소 앞에서 차를 세웠다. 아버지는 도착해서도 화장실에 또 갔지만 나는 이상하지 않았다. 남편도, 우리 큰아이도, 밥 먹고 나면 곧바로 화장실에 가니까. 이들의 본류인 아버지도 그런 거라고 여겼다.

그러나 시누이들은 어떤 예감에 사로잡혔고, 다음

날 바로 전북대학교 병원으로 갔다. 그다음 날에는 서울 삼성병원으로 올라갔다. 아버지가 오랜 세월 동안 치질이라고 대수롭지 않게 생각한 것은 대장암이었다. 그놈은 이미 아버지 몸 여기저기를 노리고 있었다. 또 다른 암까지 발견되었다.

시누이들이 아버지에게 암이라고 알렸지만 그 속사정까지는 말하지 않았다. 아버지는 낙관적인 분이라 딸들 앞에서 의연했다. 당신이 이제 암환자가 되었다는 걸 알고 나서도 흔들리지 않았다. 병원에서 나와 맛있게 식사하는 모습을 보고 작은시누이는 자꾸만 목이 메더란다. 며칠 뒤에야 그 이야기를 들은 나도 코끝이 아려왔다.

아버지는 일제강점기에 태어나 한국전쟁을 거쳤다. 논밭에서 농사짓고, 강에서 고기 잡고, 가끔씩 동네 염전에서 일한 평범한 사람이었지만 시대보다 앞선 생각을 가졌다. 첫아이가 큰딸이어도 기뻐할 줄 알았고, 무엇보다도 어머니를 아끼고 귀하게 여기며 살아왔다.

　나는 아버지가 차려주는 밥을 참 많이도 먹었지만 아버지한테 밥상을 차려드린 적은 없다. 아버지가 농사 지어서 준 쌀을 받아 집으로 돌아오면서도 고마움에 애가 끓은 적이 없다. 인상 찌푸린 적 없이 허허 웃고 있어서 아버지는 언제나 건강하고 유쾌하다고, 나 편한 대로만 생각했다.

　아버지는 한 달 동안 몇 차례나 서울의 대형 병원에서 검사를 받았다. 집에 돌아오면, 보통 때처럼 어머니를 건사했다. 언제부턴가 눈에 띄게 기력이 달리고, 식사도 잘 못하는 어머니를 대신해서 아버지는 집안 살림을 도맡아왔다. 아버지는 큰 병원에 다녀온 날에도 바로 부엌으로 가서 밥상 차릴 준비를 했다.

　잠을 못 자고, 혼자 있으면 눈물을 쏟는 시누이들은

거의 날마다 아버지 집에 갔다. 하지만 나는 차로 20분 거리에 살면서도 아이가 어리다고, 밥벌이하느라 시간이 빠듯하다면서 주말에나 겨우 짬을 내서 시가에 갔다. 틈나는 대로 전화만 했다.

"아버지, 오늘 잠깐 수산리(시가) 갈려고 했는데 못 가겠어요. 일요일에 갈게요."

"오지 마라. 우리 놀러 가. 민숙이(작은시누이)가 데리고 간단다."

"우리도 따라가면 되는데요?"

"그게 아니고, 아버지가 친하게 지내는 사람들을 초청해서 같이 가는데 자리가 없어. 민숙이 회사 차로 가니까."

작은시누이는 원래 아버지 어머니만 모시고 가려고 했다. 그런데 아버지는 당신하고 가깝게 지내는 친구들과 그 아내들도 같이 가면 좋겠다고 했다. 동네 사람들도

자꾸만 눈에 밟힌다면서 아버지는 많은 분들을 초청하고
싶어 했다.

그날 저녁, 아버지 어머니가 낳은 5남매 중 서울 사
는 막내시누이만 빼고 모였다. 일도 크게 벌이기로 했다.
단박에 관광버스를 빌리고, 떡을 맞추고, 고기와 얼음을
주문했다. 술과 안주, 과일을 정하고, 점심은 현지에서 사
먹기로 결정했다. 그 밖에 자잘한 것들은 큰시누이와 남
편이 따로 만나서 사기로 했다.

예배당에 가는 분들이 빠지는 바람에 모두 합쳐
26명이 시가에 도착했다. 어르신들은 관광 기분 나게 화
사한 옷을 차려입고 왔다. 우리는 새만금에서 부안, 고창
까지 가기로 했다. 그런데 아버지 친구들이 후텁지근하
다며 출발하자마자 목적지를 바꾸자고, 발 담그고 놀 수
있는 계곡으로 가자고 했다. 버스 기사는 완주로 차를 몰
았다.

차 안에서 어르신들이 왜 초청해서 놀러 가냐고들 물었다. 시누이들은 그냥 웃었다. 어떤 어르신은 우리 아버지가 곧 있으면 팔순인데 환갑이냐고 재치 있게 말을 했다. 남편이 마이크를 잡았다. 태어나서부터 줄곧 '호병이네 막둥이'인 남편은 동네 어르신들에게 진심 그대로만 말했다.

"고맙습니다. 자식들이 다 시내 살아서 걱정이 많은데 우리 부모님을 많이 챙겨주시고, 가깝게 지내주셔서 정말로 고맙습니다."

계곡은 맑고 차가워서 좋았다. 나는 아버지 사진을 계속 찍었다. 아버지한테 건네지는 막걸리도 잽싸게 가로채서 먹었다. 옆에 계신 어르신이 "호병이는 메느리를 참 이뻐해. 나는 메느리가 몇이라도 이뻐하들 안 했어." 라고 했다. 웃고 있는 아버지 얼굴은 조금 앙상했다. 나는 그런 순간이라도 사진으로 남길 수 있다는 게 좋았다.

계곡 위 밥집에서 차려준 점심을 먹고 나서는 아버지 곁에 아직 기저귀 안 뗀 우리 둘째아이를 억지로 세워 두었다. 돌 날, 식구들끼리만 밥 먹는데도 울며불며 돌잡이 대신 내 어깨를 잡은 아이는 할아버지랑 둘이만 있는 게 분한 듯 서럽게 울었다. 아버지는 손주 손에 돌멩이를 쥐여주면서 살살 달랬다.

아버지와 남자 어르신들은 본격적으로 물놀이를 했다. 여자 어르신들은 일흔이 넘었지만 '생리 중'이라 물에 못 들어간다고 버텼고, 막상 물에 들어가서는 재미있다고 나오질 않았다. 노래가 나오고, 술이 돌고, 서로의 흥이 만나 춤이 되었다. 아직도 물에 들어오지 않는 어르신들에게는 '비겁한 사나이'라고 야유를 보내면서 한 사람씩 끌고 들어왔다.

나는 좋아하는 가수 콘서트에 갔을 때처럼, 촉을 세우고 성실하게 어르신들의 공연을 봤다. 노래 끝날 때마다 박수와 열광은 기본, "호병이네 작은며느리가 최고 네."라는 찬사까지 받았다. 그런데 물에서 노래하고 춤추던 아버지가 조심스럽게 나왔다. 물속에서 가무를 즐기는 어르신들에게 순식간에 투망을 던졌다.

오, 이렇게 재밌을 수가! 우리는 압도당했다. 전날 넘어져서 다리에 깁스를 하고 시누이들과 고스톱만 치던 어머니도 웃음을 터뜨렸다. 예수님이 제자들에게 사람을 낚는 어부가 되라고 한 것은 이런 거였구나. 그물에 걸리는 사람도, 구경하는 사람도, 뒤집어질 정도로 신나게 웃어보라는 뜻이었구나.

오후 4시 넘어 자리를 정리했다. 그렇지만 어르신들 노랫가락은 돌아오는 관광버스 안까지 따라왔다. 아버지가 제안한 '초청 물놀이'는 저녁밥으로 오리 주물럭을 먹고 나서 끝났다. 하지만 이게 끝이 아니기를. 아버지의 매혹적인 투망질이 우리 아이들한테 전수될 때까지, 계속 이어지기를 바랐다.

사랑만 보고
결혼하나요?
노래 실력도 봐야죠

"이 가방 어떠냐?" 아버지는 사진 찍기 좋게 자세를
잡아줬다. "치나 봐라(좀 비켜봐라). 아버지가 해야 맛있
어." 아버지는 생선탕을 끓였다. "제규야, 다음 주에는 할
아버지가 이렇게 큰 거 말고 작은 새총으로 만들어 줄팅
게." 아버지는 멧돼지도 잡게 생긴 커다란 새총을 황급히
깎아내며 삐친 손자를 달랬다. "늙은이를 뭐 하러 찍어?"
아버지는 그러면서도 며느리가 사진 찍는 것을 피하지
않고 하던 일을 계속 했다.

요새 나는 아버지의 사진을 찍지 않고 있다. 눈에 띄게 야윈 아버지의 모습을 남기기 싫어서다. 아버지는 바로 수술하지 않고, 암세포를 줄이는 치료를 받아왔다. 반년이 지나서야 수술 날짜가 잡혔다. 열 시간도 넘게 걸리는 수술이었다. 성공적으로 끝났다고 해도 아버지의 기력은 많이 약해졌다.

아버지의 생신날은 '진주 강씨 호부사공파 수산일가 단합대회' 하는 날. 전북 군산시 옥구읍에 위치한 자양중(남편의 5남매는 이 학교를 다녔음) 체육관에 모이면, 일가는 아버지 생신까지 축하해줄 거다. 아버지는 사람들과 어울려 노는 것을 좋아하니까 활력 있는 모습을 기대해도 좋겠다.

남편은 막둥이. 누나랑 형이 호롱불에 개구리를 구워 먹어도, '전빵(시가는 문방구와 슈퍼를 겸하며 농사를 지었다)'의 과자만 먹었다. 아직 구들에 불을 때던 때라 새벽

녘에 방이 차가워지면 부모님이 주무시는 방으로 건너갔다. 두 분은 두런두런 이야기를 하고 있었고, 막둥이는 그 소리를 들으며 다시 잠들었다. 그래서겠지, 남편도 집에 오면 시시콜콜하게 그날 일을 말한다.

"시제 모시러 갔는데 밖에서 만나면 서로 누가 누군 지도 모르는 친척들이 많다는 말이 나온 거야. 시간이 더 가기 전에 고조할아버지 때부터 수산리 강씨 자손들이 모여서 체육대회 하기로 했어."

일가친척 체육대회라니, 결혼하고 받은 두 번째 충격이었다. 첫 번째는 명절에 겪었다. 사람들이 너무너무 많이 왔다. 제사상 앞줄에 선 사람들이 절을 하려고 허리를 굽히면 뒷줄 사람들은 한 발 물러나고, 맨 뒷줄 사람들은 벽에 달라붙었다가 나중에 절을 했다.

마침내 곳곳에 사는 고조할아버지 후손들이 모였

다. 아직 100일이 안 된 아기부터, 1년 열네 번 제사를 네 번으로 줄이자는 우리 어머니 의견에 "강씨 집안 며느리 는 대대로 단명하니 종부의 일을 덜어주자."고 제사개혁 안에 찬성하셨던 100살에 가까운 고모할머니들까지 착 착 자리를 잡고 앉았다.

일가끼리 모여서 제사 지내는 것 말고 무엇을 할까. 우선 강씨 아들들과 강씨 집안에 장가든 사위들이 편을 나눠 족구 경기를 했다. "네가 누구 새끼냐?" 어르신들은 기저귀 찬 아기들을 보며 족보를 되짚었다. 소년들은 집 에 두고 온 노트북 마우스를 처절하게 그리워하며 각자 스마트폰 화면에 집중했다. 아직 부모 손이 필요한 아이 들은 배드민턴을 치거나 운동장을 배회했다.

우리 둘째는 감기에 걸려서 코를 많이 흘렸다. 그 때마다 닦거나 먹거나 하지 않고 "엄마, 콧물 닦아줘요." 하며 나한테 달려왔다. 내 옆에는 막내시누이가 있었다.

멀리 살아서 우리 애들이 고모를 못 알아본다고, 볼 때마다 "서울 고모, 예쁜 고모."라고 이미지 작업을 한다. 그래도 우리 둘째는 꽉 안기지 않아서 막내시누이는 서운해했다.

"(웃음)애는 강씨 가문 체통 떨어지게 코를 흘리네?"
"강씨들은 코를 안 흘려야 체통을 지키는 거예요?"
"그렇지. 어릴 때부터 코 흘린 애가 없었어."
"(웃음)시가 식구들은 코 많이 푸는 비염인들이잖아요."

오전 11시, 이른 시간이었지만 "밥부터 먹자!"는 제안에 만장일치로 밥 먹을 준비를 했다. 큰딸로 태어난 우리 큰시누이 강현숙 씨는 제사 지내는 게 징그러워서 일찍 결혼했지만 여전히 종가의 큰딸 역할을 내려놓지 못하고 있다. 백 명도 훨씬 넘는 친인척들이 먹을 김치까지 직접 담그며 음식 준비를 했다.

집안의 대장 격인 아버지가 고맙다는 인사를 했다. 모두 가난해서 제사 때만 유일하게 고기와 쌀밥을 먹던 시절에 1년 열네 번 제사를 지내온 아버지. 죽으면 아무 것도 아니니 지금 재미있게 잘 살아야 한다는 생각을 갖고 있는 사람. 기쁜 자리였다. 아버지는 투병 중이어도 막걸리 한 병쯤은 즐거워하며 드셨다.

아버지와 어머니 얼굴은 장손이 마이크를 잡는 순간에 유난히 밝아졌다. 흥을 돋우기 위해 부르는 트로트에 두 분은 부처님 미소를 지었다. 큰아들네 식구들이 모두 나와 춤추고 노래를 할 때는 소리 내어 크게 웃었다. 그러나 내 눈은 매의 눈, 아버지의 단점을 발견하고야 말았다. 옆에 앉은 막내시누이한테 불만을 털어놓았다.

"우리 수산리 아버지, 좀 경솔하지 않으세요?"
"뭐가?"
"아니, 어머니랑 너무 사랑만 보고 결혼하신 것 같

아요. 노래 실력도 봐야지요. 우리 남편 봐요. 어머니 닮아가지고, 저런 무대에는 평생 못 오르잖아요. 형님도 어머니 닮아서 노래 진짜 못하는 편이잖아요."

아버지는 노래를 잘한다. 장구도 잘 치고, 춤도 잘춘다. 축구도 잘하고, 무엇보다 사람을 편하게 해준다. 나는 둘째 임신했을 때 조산으로 두 달간 병원에 누워 있었다. 의사도, 하느님도, 부처님도 아기의 건강을 장담하지 못할 때, 오직 아버지만이 "애기는 건강하게 돼 있어. 걱정하들 말어. 배지영이부터 건강해야 써."라고 말했다.

아버지의 낙관은 작은시누이가 가장 많이 물려받았다. 고등학교를 시내로 다녔는데 아침 첫 버스를 놓치면, 그다음 버스는 두 시간 뒤. 시간이 임박해도 결코 서두르지 않는 작은딸을 위해 아버지는 1~2분쯤 버스를 가로막고 서 있었다. 사람 좋게 웃으면서 "어이~ 기다려주소!"라고 말했다. 덕분에 작은시누이는 지각하지 않고 모범

적으로 학교에 다녔다.

　잔치는 별다른 게 없었다. 밥 먹고, 노래하고, 서로
손잡고 돌다가 끝났다. 큰아이는 "지겨운데 할아버지 할
머니가 좋아하니까 참았어요."라고 했다. 일가 어르신들
은 눈앞에 자식들이 있는 것 자체를 기쁨으로 여겼다. 내
새끼라도 특별한 날 아니면 만나기 어렵다는 걸 아니까
그 하루를 즐겁게들 보냈다.

　친척들은 돌아갔다. 회사 일이 바빠서 살림하고는
담쌓고 살아온 작은시누이가 산더미 같은 설거지 더미를
해체했다. "이거, 언니 집으로 그대로 보내면, 우리 언니
죽어." 그러고는 학교 수돗가에서 그릇을 닦기 시작했다.
막내시누이와 나도 거들었다. 큰시누이 눈에는 치워야
할 그릇보다 소중한 어머니가 크게 보이는 것 같았다.
　"사람들을 대접할 수 있는 것은 정말 좋은 일이야.
어머니를 보면 슬프네. 그렇게 솜씨 좋은 양반이 음식 장

만도 힘에 부쳐서 이제는 못하잖아."

　　살아 있는 동안에는 자식들에게 짐 지우기 싫다던
어머니는 힘없이 앉아서 당신 딸들을 물끄러미 바라봤다.

아버지 팔순,
'블록버스터'급
마을 잔치

아버지가 돼지를 잡겠다고 했다. 집에서 잔치를 하겠다는 뜻이다. 10년 전 아버지 칠순 때처럼, 손님들에게 집밥을 대접하고, 한 판 신나게 놀고 싶다는 의지가 '돼지' 속에 담겨 있었다. 시부모님 친척만 해도 200여 명, 다섯 명의 아들·딸 손님까지 합치면 예상 불가. 모든 음식은 직접 장만. '블록버스터'급 잔치가 되리라.

아버지의 '남바 원'은 큰아들. 믿고 의지하는 사람은 큰딸 현숙이. 작은사위는 "처형 혼자서 고생 다 한다"고

남자가 부엌에 들어가도 꼬추가 떨어질 일이 없어

159

집에서 하는 잔치는 안 된다고 못 박았다. 그러나 잔치의 총감독을 맡게 될 큰시누이가 아버지 하고 싶은 대로 해주고 싶단다. 그녀와 꼭 닮아서 음식 솜씨가 좋고, 손끝이 야무진 큰시누이 친구들이 대거 가세했다.

손님들을 모두 집 안으로 모실 수 없다. 수산리 집 마당은 음식 준비하고 설거지하는 곳으로 쓰일 터였다. 시가 앞에 넓은 밭이 있는데 주인은 따로 있다. 아버지는 밭주인에게 며칠만 쓰겠다는 양해를 구했다. 그 어르신은 당신네 집 안방까지도 내줄 수 있다면서 흔쾌히 승낙했다. 아버지는 홀가분하게 돼지를 잡을 수 있게 됐다.

잔치 준비는 음식 넣을 대형 냉장고 넉 대를 빌리면서 시작했다. 큰시누이가 30kg짜리 꽃게 열아홉 상자를 사서 간장게장을 담갔다는 소식이 들려왔다. 자동으로 영상 지원이 되는 듯 내 눈에 환했다. 시가에서 보내는 시간이 길어진 남편이 "밭을 다지고, 거기에 합판을 까는 작업을 할 것"이라는 이야기를 들려줄 때는, 나도 모르게 얼굴이 달아올랐다. 남편이 한소리했다.

"배지영은 잔치한다고 엄청 신나지?"

"뭐가 신나? 아버지 팔순인데 그럼 슬퍼해? 나는 간이 딱딱해서 술도 못 마시는데……."

내가 가장 비중을 둔 일은 친정 부모님에게 잔치 소식을 전하는 것. 10년 전 아버지 칠순 때 우리 엄마 아빠는 노래를 안 부르고 갔다. 사돈으로서 체면을 차려야 해서 그랬다. 아빠는 사돈어른 잔치에 축하 노래를 못 부르고 갔다면서 후회했다. 이번에 아빠는 반드시 춤도 추고 노래도 부를 거라고 다짐했다.

우리 시가 잔치에 무결석을 자랑하는 동생 지현은 어떻게 빈손으로 가냐, 민망하고 미안해서 봉투 주는 시늉이라도 하고 싶다고 했다. 나는 단칼에 거절했다.

"혼신의 연기력이 있으면 그렇게 해보든가. 진짜로

안 받는다니까. 아버지가 건강해지셔서, 자식들이 엄청 좋다고 자랑하는 자리야. 돈을 받으면 안 되지."

아버지를 보면, 대개 첫눈에 반한다. 나도 맨 처음으로 아버지를 만나던 날이 생생하다. 아버지는 부엌에서 음식을 하고 계시다가 나를 보고 웃으면서 "야야, 우리는 이렇게 산다"고 했다. 내 결혼식에 온 친구들도 아버지가 노래하면서 웃는 모습을 아직까지 기억한다. 아버지는 모든 일을 허허 웃으면서 시작한다.

아버지가 대장암 세포를 줄이는 치료를 받으러 서울의 대학병원에 다니던 어느 가을, 친정 부모님이 시가로 문병을 왔다. 그때 어머니는 유난히 기력이 달리고, 우리 남편은 중국으로 출장 가고 없었다. 아버지는 사돈 왔다고, 상을 차리려고 일어났다. 친정엄마가 몸 둘 바를 몰라 하며 내 옆구리를 찔렀다.

"쟈(재)는 이런 걸 하들 못해요. 뭐가 어디 있는지도 몰라요. 내가 훨씬 더 잘하지."

아버지는 대변 주머니를 몸에 차고 다녀야 했다. 그 뒤로는 성가신 주머니를 떼고 짧아진 대장에 맞춰 생활했다. 그런데 아버지는 투병을 시작하기 전보다 더 농사일에 힘을 쏟았다. 콩 심고, 깨 심고, 닭을 키워서 달걀을 모았다. 당신이 언제까지 자식들한테 줄 수 있을지 모르니까, 지금 하나라도 더 주고 싶다고 했다.

나도 C형 간염을 치료하느라 아팠다. 몸이 뜻대로 안 되면서 마음은 자주 엉망이 됐다. 이렇게까지 속 좁은 사람이 되는가 싶어서 대성통곡을 한 적도 있다. 그런데 아버지는 웃었다. 열다섯 시간이 넘는 대수술을 받고도 간호사가 다정해서 기분 좋다고 했다. 지금도 아버지 집에 가면, 우리보고는 밥부터 먹으라고 하고, 편히 쉬라고한다.

친정 부모님은 잔치 시작도 안 했는데 일찍 도착했다. 사돈어른이 건강을 되찾으신 게 너무 좋아서 눈물 난다고 했다. 젊은 시절 춤을 배운 아빠는 물론, 부끄럼이 많은 우리 엄마도 모르는 사람들 속에서 어울려 놀았다. 예전의 나라면, 창피하다고 했겠지. 지금은 아버지가 건강하게 맞은 팔순을 축하하는 최고의 표현이 저 춤과 노래라는 것을 알고 있다.

잔치에 온 많은 사람들도 그랬다. 그중에는 부모님이 돌아가신 사람도 있었다. 함께 맛있는 음식을 먹을 수 없고, 고운 옷도 해드릴 수가 없다. 그래서 이런 자리에 오면, 더 목이 멜 터인데……. 온 마음을 다 해서 기뻐해주는 일은 정말 어려울 터인데……. 우리 아버지의 건강과 평온을 기원하며 진심으로 팔순을 축하해줬다.

내 오랜 벗들도, 10년 전 칠순 잔치에 오고 팔순 잔치에 또 왔다고 감격스러워 했다. 후배 태경은 결혼해서 남편과 딸 둘까지 대동하고 왔다. 우리 남편과 같이 일한 적 많은, 동네 봉사모임 '부녀회 언니들'도 늦도록 같이 홍을 돋웠다. 팔순 맞은 아버지와 구경하는 사람들이 재미있으라고, 일부러 이에 김을 붙이고 춤을 추기도 했다.

'부모님이 살아 계시다'는 것은 정말 좋은 일이다. 내 눈을 사랑스럽게 들여다보며 엄마 눈 속에 별이 있다고 하던 우리 둘째에게 가장 예쁜 사람은 어린이집 여자친구다. 그러나 부모님은 다르다. 자식이 최고다. 우리 아빠는 스마트폰으로 내 사진을 찍고 또 찍었다. "어쭈고 한복을 입어도 이러코 이쁠끄나?" 집으로 돌아가는 버스 안에서 한 시간 동안 내 사진을 들여다봤다고 한다.

전구에 불이 켜지고, 해가 떨어지고, 논두렁으로 가서 오줌 누는 사람들이 늘면서 잔치는 끝나는 듯했다. 이제는 손님들이 맛있게 먹을 음식을 준비한 큰시누이 친구들, 손님들에게 밥상을 차려주던 외손주 친구들이 판을 벌였다. 화장실을 자주 드나들어야 하는 아버지는, 끝까지 그 모든 사람들과 조화를 이루며 어울렸다.

다시 일상. 밥벌이는 고되고, 열 살 터울 아들 둘이서 치고받고 싸우는 소리에 힘이 빠졌다. 왜 뒤늦게 둘째를 낳아서 이 고생을 하나, 찌질한 생각도 했다. 그러나 시가에 가면, 사람이 '인화(人花)'라는 걸 알게 된 내 나이가 좋다. 팔순이 할아버지를 따라다니며 웃게 만드는 늦둥이를 낳아서 기르는 내 삶이 대견하다.

잘 먹는 사람 앞에서
무릎 꿇는 병

강호병 씨. 그는 1933년에 장손으로 태어났다. 여섯 살 때 친엄마를 잃어서 얼굴조차 모른다. 두 명의 새어머니는 각각 세 명, 다섯 명의 배다른 동생들을 낳았다. 비공식적인 새어머니(아기를 낳지 않은)도 있었다. 새장가 들 때마다 그의 아버지 강양삼 씨는 각시만 알았다. 그래도 계모 밑에서 구박덩이로 자라지 않았다. '우리 장손 호빙이'를 하늘처럼 여기는 할머니가 있었으니까.

그는 열 살 때 '국민학교'에 들어갔다. 중학교는 열

여섯에 입학했다. 군대 가면 죽는 줄 알던 시대, 징집을 피하기 위해 대여섯 군데서 중학교 생활을 했다. 고등학교 때는 건달 모자를 쓰고서 술도 많이 먹었고 첫사랑도 있었단다. 그는 50년 넘게 산 아내 고옥희 씨를 의식해서인지, "그 뭐시냐, 첫사랑 생각은 나들 않는다."고 했다.

그가 중학생일 때에 한국전쟁이 일어났다. 그가 사는 수산리에서 걸어 40분 거리인 미면(군산시 미룡동)에서는 사촌끼리도 서로 빨갱이나 국군으로 몰아서 죽고 죽였다. 강호병의 집안에도 청방대장(국군 계열)이 있고, 빨갱이 사상을 가진 사람도 있었지만, 아비규환은 그의 동네를 비켜갔다.

그는 군 복무 중이던 스물다섯에, 군산 개정에 사는 처자 고옥희 씨를 한 번 만나고 혼인했다. 새각시가 된 고옥희 씨는 날마다 열여섯 식구 밥을 하고 수발을 들었다. 입덧할 때는 액자 속에 든 사과 그림을 뚫어지게 바라봤다. 밥도 배부르게 먹지 못하던 때, '과일이 먹고 싶다'는 사치스러운 말을 차마 입 밖으로 꺼내지 못했다. 두 사람은 딸 셋에 아들 둘을 낳았다.

강호병 고옥희 부부는 농, 이불, 솥단지 하나, 밥그릇 일곱 개만 들고서 분가했다. 그의 아버지 강양삼 씨가 희사한 땅에 '국민학교'가 지어지고, 부부는 공사 현장 노동자들에게 밥 지어주는 일을 했다. 문방구와 만물상회를 겸한 전빵을 하면서 처음으로 논도 샀다. 젊어서 고생한 이야기는 책 100권을 써도 모자라겠지만, 자식들은 잘 자랐다.

다섯 명의 자식들이 제 짝을 찾아가고, 그는 칠순이 넘었다. 여전히 활기차다. 자식들 입에 들어갈 농사도 내려놓지 않았다. 노래 부르고, 장구 치고, 춤추는 것도 그대로였다. 젊은 시절처럼, 즐겁게 술을 마셨다. 다만, 자꾸 기력이 떨어지는 그의 아내가 걱정이었다. 원래 식구들 밥상을 잘 차려주던 그는 부엌살림까지 도맡다시피 했다.

몇 년 전, 그는 서울의 대형 병원에서 대장암과 직장암 진단을 받았다. 그날도 집에 와서 여느 때처럼 아내 밥상을 차렸다. 어쩌면 그에게 마지막이 될지도 모르던 여름, 자식들은 관광버스를 불러 그의 오랜 벗들과 동네 사람들을 초대해서 계곡으로 놀러 갔다. 노래하고 춤추고 놀던 그는 느닷없이 친구들에게 투망을 던져서 사람들에게 큰 웃음을 주었다.

그는 암세포를 줄이는 치료를 받고, 대장의 부분부분을 잘라내는 수술을 받고, 대변 주머니를 차고 살았다. 이제는 그마저 떼어내고 본디 항문을 쓴다. 건강하게 그가 팔순을 맞던 날, 여우비가 내려 동네 전체가 산뜻해졌다.

Q. 아버지, 암 진단받았을 때, 살 수 있을 거라고 생각하셨어요?

"나는 암도 별거 아니라고 생각했어. 띠어내면 끝나지. 난 태평하게 생각했어. 마음으로, 걍 나 죽는다, 생각하면 죽는 거야. '죽으면 죽고, 말으면 말지'라고 생각해야지. '아유, 큰일 났네. 나 죽게 생겼어' 그런다고 뭐가 달라지냐? 이만큼 살았고, 자식들도 잘됐고, 죽으면 어쩔 수 없지. 다 소용없어. 죽는 놈이 뭘 알겠냐?"

Q. 근데 아버지는 죽으면 아무 소용이 없는데 제사는 왜 그렇게 열심히 지냈어요?

"제사는, 이게, 내려온 예를 지키는 거제. 후손들이 모여서 밥 한 끼 먹는 거여. 사실 냉정히 따지면, 제사는 아무 소용이 없어. 나 죽으면, 내 제사는 안 지내도 상관이 없어. 제사를 지내는지, 안 지내는지, 죽은 사람이 어떻게 아냐? 모르잖아. 한 번 죽으면 끝나는 것이지."

Q. 아버지는 무슨 일이든 먼저 웃어버리잖아요? 화도 안 내
시고요.

"'짜증은 내어서 무엇하리.' 노래나 불러버리지. 화
를 내고 싸움을 하면, 뭣이 부서지든지, 몸이 부서지든지
할 것인디. 그것을 누가 고치겄냐? 천상 내가 고쳐줘야
지. 뭣 하러 미련하게 싸움을 혀?"

Q. 아버지는 언제부터 요리를 잘하셨어요?

"원래부터지. 허허허. 남자가 부엌에 들어가도 '꼬
추'가 떨어질 일이 없어. 군대 갔다 와서부터 잘허고, 장
사 시작하면서부터 더 잘허고. 나는 재료만 있으면 무슨
음식이든지 만들 수가 있어."

Q. 강성옥(우리 남편)이 집에서 밥이랑 청소하는 것 어때
요?

"할 수 있으면 해야제. 형편이 어쩔 수 없다면 그렇
제만, 하는 것이 좋지. 일해서는 죽들 안 해. 건강한게 일

을 하는 것이여. 그렇게 죽었냐? 안 죽지. 처자식 줄라고 그러키 밥하는 것은, 열심히 산다는 뜻이다."

Q. 애들 키울 때 누가 제일 속 썩였어요?

"하나도 없었어. 다 착했지. 근디 너도 알다시피, 성옥이가 데모하러 다녀갖고. 감옥까지 가고, 수배 생활을 오래 허고. 그래도 다 지 알아서 하겠지 했어. 그때도 태평하게 생각했다. 어쩌겠냐? 그것이 죄라고 하면, 벌을 받아야제."

Q. 자식들한테 해주고 싶은 이야기는요?

"부부간, 형제간에 우애 있게 잘 살고, 넘(남)한테 잘하고 살면 쓴다."

Q. 아버지는 그렇게 살으셨어요?

"나는 그렇게 살았지. 웃으면서 살았어."

인터뷰를 하는 동안 아버지는 빵을 내오고, 복숭아를 깎아 왔다. 일평생 잔병치레 많은 어머니와 살아온 아버지는, 당신 아내처럼 입이 짧은 나한테 "먹어야 쓴다, 아버지 봐라, 먹어야 병도 이겨내."라며 웃었다.

내가 밥벌이하고 애 둘 키우는 아줌마로 살면서도, '해맑음'이 남아 있는 건 시집살이를 안 해서다. 언젠가 어머니, 아주버님, 나 이렇게 셋이서 고스톱을 쳤다. 그날, 내 '운빨'은 하늘에 닿았다. 내 앞에만 돈이 쌓였다. "내 아들 아깐 돈, 내 아들 아깐 돈." 어머니는 본능적으로 말했다. 그것도 판판이. 나는 화투를 탁 내던지며 말했다.

"나, 안 해요!"

지금은 발끈하지 않는다. 성질내봤자 내 마음만 다친다. 나는 C형 간염이 있어서 간섬유화 검사를 한다. 내 간은 말랑말랑하지 않아서 사람 간 빼 먹는 여우도 주저할랑가 몰라. 그래서 친구들한테 지리산 야간 산행 갈 거면, 나를 데려가라고 한다. "곰, 호랑이, 귀신한테서 지켜 줄 멋진 간이야. 딱딱하다니까." 그러고는 아버지처럼 웃 어본다.

아버지에게 들은
마지막 말

　　이사하던 날, 아버지는 어머니와 같이 쑨 팥죽을 커다란 스테인리스 들통에 담아서 우리 집에 오셨다. 그로부터 12년 뒤에 아버지는 한 번 더 우리 집에 오셨다. 대장암 투병 중인 아버지는 시누이들과 새벽에 집을 나서서 서울의 대형 병원에 다니고 있었다. 군산에 돌아오는 시간은 밤중이었고, 하루 내내 바깥 음식을 먹어야 하는 날도 있었다.

　　아무리 허기가 져도, 최고급 식재료로 조리하는 식

당에 가도, 사 먹는 밥이 도저히 안 넘어가는 날이 온다. 그때 아버지와 어머니, 시누이들은 거의 동시에 한 사람을 떠올렸다. 아버지의 막둥이 아들 강성옥. 밥상을 치우고 소파에 누워 있던 남편은 큰시누이 전화를 받고 쌀을 씻어 안쳤다. 소고기뭇국을 끓이고, 박대를 굽고, 전을 부치고, 오이를 썰었다.

시가는 자동차로 20여 분 거리, 사는 게 바빠서 자주 못 간다는 핑계를 대기에는 시간이 없었다. 그 여름이, 그 가을이, 그 겨울이, 그 봄이 아버지와 보내는 마지막 계절일 수도 있었다. 우리 식구는 소파에 누워서 텔레비전을 보는 대신, 동네 공원에 가는 대신, 기분 내러 대도시에 가는 대신 시가에 가려고 노력했다.

"저희 지금 갈게요."

이 짧은 문장의 뜻은 세월이 흐르면서 달라졌다. 처음에는 '밥 안 먹고 가니까 밥 차려주세요.'였다. 아버지가 투병하면서부터는 '같이 나가서 외식하고 바람 쐬러 갈 거니까 외출 준비 하세요.'였다. 아버지가 더 많이 아프고 어머니의 거동이 불편해지면서는 '장 봐서 갈 거예요. 맛있는 음식 해드릴게요'로 바뀌었다.

아버지는 한식, 서양식, 일식, 중국식, 퓨전 음식을 가리지 않고 잘 드셨다. 어머니는 식성이 까다로운 편이었다. 남편은 시가에 가면 아버지가 특히 좋아하는 고기 요리를 한두 가지씩 했고, 우리 큰애는 할머니가 좋아할 만한 샐러드를 했다. 초등학생이 된 둘째아이와 나는 〈전국노래자랑〉을 시청하는 아버지 곁에 앉아 있었다.

날짜까지 기억하는 4월 17일 일요일. 아버지는 식사를 통 못했다. 막둥이 아들이 만든 수육, 손주가 만든 샐러드와 돈가스도 안 넘어간다고 했다. 아버지는 마당에 솥을 걸어서 끓이고 있는 사골국물을 떠다 달라고 했다. 거기에 밥을 말아서는 아주 천천히 식사를 했다. 끝내 그릇을 다 비우지 못했다.

　"느 아버지 발톱 좀 깎아드려라."

　어머니가 설거지를 마친 남편에게 부탁했다. 아버지는 요양보호사한테 깎아달라면 된다고 마다했다. 그래서 남편이 선뜻 나서지 못했다. 내가 아버지 발톱을 깎겠다고 했다. 아직 노안도 안 왔으니까 자신 있었다. 아버지의 퉁퉁 부은 발을 들었다. 부슬부슬한 발톱에 손톱깎이를 댔더니 아버지는 아프다고 했다. 나는 아주 살짝만 깎고 그만뒀다.

　집으로 돌아온 그날 밤, 남편은 시름에 잠겼다. 아버지가 음식을 앞에 두고 먹지 못하는 모습을 처음 봤으니까. 할아버지한테 해드릴 전복죽 연구를 하던 큰애는 느닷없이 엄마 아빠가 늙는 게 싫다면서 울먹였다. 우리 식구들이 침통해 있을 때도 바다의 수온은 높아졌고 서해에는 주꾸미가 한창이었다.

4월 24일 일요일 점심 메뉴는 정해졌다. 남편은 소고기와 주꾸미를 넉넉하게 사서 형제자매들을 불렀다. 시가에 도착했더니 아버지는 텃밭에서 외손주 영남이와 생강을 심고 있었다. 남편과 큰애는 주꾸미 샤브샤브를 하기 위해 육수를 만들고 채소를 다듬었다. 거실에 밥상이 차려졌을 때는 아버지도 밭에서 돌아왔다.

"술 한잔 해야 쓰겄다."

아버지는 어머니 눈치를 살피며 말했다. 어머니는 당연히 인상을 썼지만 아버지는 허허 웃으면서 소고기와 주꾸미에 소주 두 잔을 곁들여 마셨다. 다 맛있다고 했다. 몹시 기쁜 큰시누이는 부엌에서 주꾸미 탕탕이를 만들어왔다. 아버지는 부드럽다며 좋아했다. 한숨 자고 일어나서는 큰시누이와 우리 큰애가 만든 생채와 깍두기도 한 입씩 먹었다.

수요일인가, 목요일인가. 아버지는 자식들 먹이려

고 텃밭에 열무를 심었다. 손주들이 하나씩 따 먹는 걸 좋
아해서 늘 모종을 사다 심었던 방울토마토도 돌봐야 하
고, 아침저녁으로 마당도 쓸고, 밤에는 노래방 기계를 켜
놓고 반주 음악이 나오면 허허허 웃다가 멋들어지게 노
래를 불러야 하는데. 하혈을 많이 한 아버지는 병원으로
실려 갔다.

5월 1일 일요일. 우리 식구는 시가에 가지 못했다.
군산의료원에 있었다. 의식이 없는 아버지의 발은 차가
웠다. "아버지, 뭐 하세요?" 말을 걸면, 아버지는 깜빡 잠
들었다면서 일어나서는 손가락으로 머리카락부터 정리
할 것 같았다. 그만큼 아버지 혈색은 나쁘지 않았다. 시
누이들은 우리 부부에게 집에 가서 자고 애들 학교 보내
라고 했다.

"바로 와."
집에서 시누이의 전화를 받은 시간은 5월 2일 월요

일 오전 1시. 시누이들과 시고모는 심박과 맥박이 느려지는 아버지한테 말을 했다. 그동안 고생 많이 하셨다고, 고맙다고, 걱정하지 말고 가시라고, 사랑한다고. 나도 똑같은 마음인데, 목이 메어서 소리가 나오지 않았다. 크게 울지 않으려고 아랫입술을 깨물었다. 그날 오전 6시, 아버지는 세상을 떠났다.

아버지가 없어도 아버지가 심은 열무와 양파는 쑥쑥 컸다. "아빠가 주는 마지막 김치여." 큰시누이는 새로 담근 열무김치를 주면서 말했다. 우리 식구는 그 뒤로도 큰시누이가 아버지를 대신해서 주는, 아버지의 마지막 참기름, 아버지의 마지막 생강을 먹었다. 아버지가 주는 마지막 간 마늘은 냉동실에 두고 1년 넘게 먹었다.

이제는 일요일이라고 시가에 가지 않는다. 〈전국노래자랑〉을 볼 이유도 없다. 식구 넷이서 아점을 먹고는 거실에서 각자 하고 싶은 걸 한다. 햇빛은 거실까지 파고

들어온다. 따스하고 평온하던, 아버지와 마지막으로 같이 보냈던 일요일하고 닮았다. 끝인 줄 몰랐으니까 평범했다.

"저희 갈게요. 다음 주에 올게요."
"그리여. 고맙다. 어서 가서 쉬어라."

아버지에게 들은 마지막 말이었다.

아버지가
남겨준 것들

기성이 아저씨가 오기로 한 날, 아버지는 어머니의 눈치를 살피면서 논일과 밭일을 후다닥 끝마쳤다. "어이, 기성이!" 외출복으로 갈아입은 아버지는 파란색 트럭을 향해 손을 흔들면서 말했다. 아버지는 벚꽃 핀 공설운동 장에서 술 한잔 마셨고, 장항 송림해수욕장에서는 닭백 숙을 주문해 놓고 기성이 아저씨와 해변으로 나갔다.

기성이 아저씨가 충남 공주까지 가는 바람에 무령 왕릉을 보고 온 날도 있었다. 아버지는 찌는 듯이 덥고 습

한 날에는 계곡에 가서 물놀이를 했고, 가을에는 아이들이 바글바글한 지평선 축제에 가서 한바탕 신나게 놀고 왔다. "그리여. 좋드라." 어딜 가든, 누구를 만나든, 아버지는 불평을 하거나 꼬투리를 잡지 않았다.

마지막 봄인 줄 몰랐던 그해 봄, 80여 년간 아버지와 한마을에 살았던 경로당 어르신들은 꽃놀이를 가기 위해 관광버스에 올랐다. 아버지는 돈 5만 원을 봉투에 넣어 마을 사람들에게 희사하고는 버스가 안 보일 때까지 경로당 앞에 서 있었다. 봄볕은 따스한데 바람은 쌀쌀맞았다. 집에 돌아온 아버지는 동네 어르신들과 같이 버스를 타고 가는 것처럼, 아침부터 노래방 기계를 켰다. 그로부터 한 달도 안 지나서 돌아가셨다.

아버지를 모신 운구차는 장례식장에서 시가 마을로 갔다. 소년이었던 아버지가 중학교 모자를 비뚤게 쓰고 매일 넘었던 산길을 지났다. 경로당을 한 바퀴 돌고는 가족 납골묘에 다다랐다. 꽃이 피었다고, 단풍이 들었다고, 우리 아버지와 트럭을 타고 드라이브 다녔던 기성이 아저씨는 먼 길 떠나는 오랜 벗에게 마지막 술 한 잔을 건네면서 흐느꼈다.

시누이와 둘이 살게 된 어머니는 여전히 마을 경로당에 다녔다. 그래서 중복이던 어느 토요일, 남편과 나는 어머니 드리려고 산 수박을 경로당으로 갖고 갔다. 거실 가운데에 식탁이 있었다. 원래는 바닥에 앉아서 먹는 네모난 밥상인 게 확실했다. 누군가가 단정하게 자른 각목을 상다리에 붙여 놓았다. 왈칵, 눈물이 쏟아졌다. 이상하면서도 따뜻하고 실용적인 가구를 만들 사람은 우리 아버지밖에 없었다.

"저 식탁 누가 만드셨어요?"
시가에서 몇 번 뵈어 낯이 익은 어르신에게 물어봤다.
"누구긴 누구겠어? 강성옥이 아부지제. 전실이 양반

밥 먹으라고 만들었고만."

맛있는 음식을 하면 아버지는 꼭 마당에 서서 지나가는 사람들을 불렀다. "어이, 전실이!" 하도 불러서 나도 성함을 알고 있는 분이다. 우리 남편 친구인 창욱 씨의 아버지이기도 한 전실이 양반은 뇌출혈로 쓰러졌다가 일어났다. 예전 모습을 회복하지 못해서 바닥에 앉았다가 일어나는 게 어려웠다. 우리 아버지가 세상에 하나뿐인 식탁을 만든 이유다.

시내 경로당에서는 우연히 아버지의 후배 기원이 아저씨를 만났다. 기원이 아저씨 부부는 젊은 시절에 우리 시가 마당에 자리를 깔고 자주 앉아 있었다고 한다. 아버지는 뚝딱뚝딱 대충대충 음식을 만들었는데, 희한하게도 무척 맛있었단다. 기원이 아저씨가 최고라고 꼽은 음식은 회와 매운탕이었다. 아버지가 만경강 하구에 투망을 쳐서 잡은 숭어로 맛깔나게 만든 요리였다.

내가 모르는 아버지 얘기를 듣는 것만으로도 입이 말랐다. 코끝이 아리고 눈물이 나오기 직전에 미친 사람처럼 웃음이 툭 터졌다. 마당에 커다란 솥을 걸고 물을 끓이기 위해 불을 때는 아버지가 그려졌다. 강에서 잡아온 물고기들은 마당의 수돗가에서 비린내를 풍기고, 마침맞게 왕파리 떼가 달려들고, 그래서 어머니가 눈을 흘겨도, 한없이 젊고 건강했던 아버지는 민첩하게 조리해서 상을 차렸을 것이다.

"그리여. 걱정허들 말어."

아버지는 늘 그렇게 말했다. 둘째 임신한 내가 조산으로 대학병원에 두 달 넘게 누워 있을 때도, 우리 큰애가 고등학교를 자퇴한다고 했을 때도 그랬다. 다 잘 될 거라고, 안 되면 어쩔 수 없다면서 웃었다. 그래서 아버지의 막둥이 아들은 가장 힘들 때 가족 납골묘에 갔다. 아버지가 좋아하는 한라봉이 없어서 오렌지를 사고, 아버지가 좋아하는 노래방 기계 대신 스마트폰으로 트로트 음악을

켜 놓았다.

"아빠한테 뭐라고 했냐?"

큰시누이가 우리 남편한테 물었다. 남편은 돌아가신 아버지처럼 웃고만 있었다. 확실한 정답을 찾은 얼굴은 아니었지만, 납골묘에 다녀오기 전보다 편안해 보였다. 나는 남편이 아버지한테 듣고 싶어 한 말이 무엇인지 짐작했다. "그리여. 걱정허들 말어." 나보다 훨씬 크고 어깨가 넓은 남편 어깨에 팔을 올리고는 최대한 아버지 음성을 살려서 말했다.

아버지 보내고
첫 명절,
기쁘게 놀았다

사람의 첫인상처럼 '처음 한 말'도 각인된다. 손주의 손주를 본 왕할머니도 당신의 첫아기가 "엄마"라고 말한 순간을 기억한다. 갑자기 수십 년 전으로 돌아가서 젊은 엄마의 얼굴이 된다. "애기가 처음으로 '엄마'라고 부른게는 오지제. 세상이 다 내 것 같았제."라고 회상한다. 어떤 이는 세상을 떠난 이가 살아서 처음 건넨 말을 마음속에 두고 산다.

"야야, 우리는 이렇게 산다."

돌아가신 아버지가 내게 처음 한 말이었다. 아버지는 갑자기 온다고 하니까 맛있게 해줄 것이 없다며 부엌에서 환하게 웃었다. 몇 해 뒤에 나는 아버지의 막둥이 아들과 결혼했다. 남편은 음식을 만들고 그릇을 치우는 게 자연스러운 사람, 신혼살림을 맡아서 했다. 아기 이유식도, 소풍 김밥도 남편이 준비했다.

주말이면, 우리는 아버지 집에 갔다. "지금 갈게요"라고 전화만 하면 됐다. 아버지와 어머니는 밥상을 차려놓고 우리 식구를 기다리고 있었다. 그러나 명절에는 아버지의 '남바원'인 큰아들네 식구까지 함께한다. 부엌일에 소질도 없고 눈썰미도 없는 아내를 둔 우리 남편은 형수와 같이 명절 음식 준비를 했다.

하는 일 없어도, 며느리로 지내는 명절은 힘들었다. 손이 빠른 남편은 종류별로 전을 부치고는 친구를 만나러 갔다. 아주버님도 그랬다. 생선을 찌고, 나물을 무친

동서도 조카들을 데리러 갔다. 아버지와 어머니는 찾아온 친척들과 이야기를 했다. 작은방에서 책을 읽는 나만 외로웠다. 어느 날에는 시가 옆 초등학교 운동장으로 남편을 불러내서 전만 잘 부치면 다냐고 따졌다.

"남자가 부엌에 들어가도 꼬추가 떨어질 일이 없어."

아버지는 평생 동안 당신의 말을 증명하고 살았다. 서울의 큰 병원에서 암 진단을 받고 온 날에도 몸이 약한 어머니의 밥을 차렸다. 병원에서 암세포 줄이는 치료를 받다가 명절 쇠러 와서도 제사상에 올릴 음식을 살피고 준비했다. 음식 좀 덜 하자는 우리 남편에게 "부족하면 안 된다. 넉넉하게 해야 써."라고 타이르듯 말했다. 그러나 며느리에게는 아무 요구도 안 했다.

돌아보면, 아버지는 '친자식'과 '들어온 자식'을 구별했다. 대장암 수술을 하고 운신을 못할 때, 간호는 친자식에게만 허용했다. 넓적다리뼈가 부러져서 석 달간 입원해서 대소변을 받아낼 때도, 당신의 큰딸과 아들 둘에게만 기저귀 가는 것을 허용했다. 사위와 며느리 앞에서는 늘 허허 웃었다. 다 괜찮다고만 했다.

아버지가 투병 중이던 초겨울, 김장하는 날이었다. 시가 마당에는 천 포기 넘는 배추가 소금에 절여져 있었다. 아버지는 갑자기 몹시 아팠다. 큰시누이를 붙잡고는 "차라리 이대로 죽었으면 좋겠다."고 했다. 이유를 알기 위해서는, 군산에 있는 병원에서라도 채혈해서 서울의 대학병원으로 보내야 했다. 일터에 있던 나는 급히 아버지를 모시고 군산의료원으로 갔다.

아버지는 고통을 내색하지 않았다. 늘 질문이 많던 막내며느리에게 당신이 못다 해준 얘기를 들려주었다. 너무 배고파서 탈영한 일, 장손이니까 제대하고 고향에 남았던 일, 추수한 쌀을 군산시내까지 달구지에 싣고 가는 초겨울 새벽에 한 시간 넘게 갔는데 쌀가마니 하나가 빈 일. 왔던 길을 되돌아가서 '꼬랑창'에 처박힌 쌀가마니를 찾아서 지고 달리다가 동 터오는 해를 본 일.

"내가 그때만 해도 힘이 장사였느니라. 그런디다가… (웃음)다들 잘생겼다고 혔어."

"아버지는 무슨 얘기만 하면 자랑으로 끝나는 거 알아요?"

"이놈의 자식 봐라. 아, 있는 그대로 얘기하는 거여!"

병원에서 돌아오는 길, 아버지가 고통을 참는 게 느껴졌다. 친자식이 모는 차를 탔다면, 눈을 감고 있었겠지. 아버지 며느리로 산 십수 년 동안, 나는 들어온 자식일 뿐이었다. 아버지는 해마다 우리 친정에 귀한 딸 보내줘서 고맙다고 쌀을 보냈다. 그러나 밥상을 차리라고, 명절 제사상에 올릴 음식을 장만하라고 채근하지 않았다.

아버지 돌아가시고 맞은 첫 명절. 큰시누이는 미리 장을 봐두었다. 김치를 담가놓고, 간장게장도 담가놓고, 방앗간에서 떡도 해놓았다. 남편과 우리 큰애는 마주 앉아서 전을 부쳤다. 마당을 청소하면서 사골을 우리고, 거실에 들어와서는 "넉넉히 해야 쓴다."고 말해줄 아버지 자리에는 거동이 불편한 어머니가 힘없이 앉아 있었다.

"제사라는 것은 돌아가신 분을 잊지 않는 것에 의미가 있는 거여. 사람은 죽으면 그만이다. 살아 있을 때 재밌게 잘 살아야지, 그러니까 내 제사는, 안 지내도 그만이다."

장손으로 태어나서 일생 동안 제사를 지낸 아버지는 확고했다. 우리 식구는 아버지를 사랑한 효자들, 재미를 찾을 줄 안다. 음식 준비를 끝내고는 아버지의 오토바이를 타고서 동네 끝에 있는 '아버지의 강'에 다녔다. 이제는 행선지가 달라졌다. 아버지가 묻혀 있는 저 너머 동네까지 자전거를 타고 갔다. 하이킹 온 사람들처럼 길에서 멈춰 사진을 찍었다.

남자가 부엌에 들어가도 꼬추가 떨어질 일이 없어

추석날 아침, 친척들이 왔다. 다들 아버지 사진이 있는 제사상을 보고는 울컥했다. 아버지가 다른 세계에 있다는 걸 인정하는 자리, 제사는 그러려고 지내는가 보다. 당숙 어른이 아버지 사진에 대고 후손들 잘되게 해주라고 말했다. 아버지는 살아 있을 때처럼, "걱정허들 말어. 다 잘 될 거여. 안 되믄 어쩔 수 없는 노릇이지."라고 했겠지.

그날 점심에는 큰시누이의 아들인 큰조카와 작은조카 부부가 왔다. 우리 남편은 아버지처럼 "남자가 부엌에 들어가도 꼬추가 떨어질 일이 없어."라는 말은 안 한다. 그냥 밥상을 차리고, 설거지를 한다. 작은조카가 자기 색시에게 삼촌이 설거지한다고 말했고, 조카며느리는 일어섰다. 남편은 시외삼촌이니까 근엄하게 말했다. 가서 쉬라고.

반백 살이 된 남편도 솔직하게 명절이 힘들다고 한

다. 몸도 고되고, 돈도 많이 든다고. 잘 사는 작은할아버지에게 세뱃돈 받으려고 정성껏 절을 하던 어린 날이 그립다고 했다. 남편도 조카손주가 일곱이나 있는 할아버지. 돈을 많이 가진 사람은 아니다. 더구나 조카며느리들 대하는 거 보면, "제규(우리 큰애) 색시 앞에서는 절대로 부엌에 안 들어가."라는 맹세도 못 지킬 것 같다.

나는 밥상을 걷으며 물었다.

"여보, 하현(큰조카며느리)이랑 단비(작은조카며느리)가 남의 집 귀한 딸이라서 설거지 못 하게 하는 거야?"

"그런 생각 안 해봤는데? 그냥 하는 거야. 누가 해도 상관없으니까."

남자가 부엌에 들어가도 꼬추가 떨어질 일이 없어

더 바랄 것 없는 마음, 걱정하지 말라는 말

우리 엄마 조금자 씨는 여전히 굴비를 엮는다. 당신 딸들보다 훨씬 젊은 베트남 색시들과 같이 일한다. 한 가지 가르쳐주면 백 가지를 알아듣는 여성들은 일하는 속도마저 빠르다. 육체노동의 전성기를 지난 엄마는 당신의 최대 빠르기를 유지하기 위해 애쓴다. 다리아프면 일하는 속도가 더뎌지니까 새벽마다 집 뒤 둘레길로 간다.

잡풀은 둘레길을 삼켜버릴 작정이라도 한 것처럼 무성하게 자란다. 면사무소에서 한 번씩 싹 베어내 산을 훤하게 만들지만 일시적이다. 햇볕이 쨍쨍하고 습도가 높아질수록 풀은 기세등등해진다. 밤새 내려앉은 이슬을 무기 삼아서 걷는 사람들의 신발을 젖게한다. 풀의 계략에 당해본 엄마는 동트기 전에 낫을 갈아서 집을 나선다. 당신의 업적을 딸들한테만 전한다.

"으하하하하! 오늘 새벽에 둘레길 풀을 비었씨야. 산이 있응게 얼마나 좋은지 몰라. 더 바랄 것이 없제요."

수산리 아버지 강호병 씨는 이 세상에 안 계신다. 아버지가 즐겨보던 〈전국노래자랑〉의 오프닝 음악, 기성이 아저씨와 한바탕 재미나게 놀고 왔던 지역축제들 소식을 들어도 이제 눈물을 쏟지 않는다. 아버지가 좋아하는 술 한 잔과 음식을 앞에 두고 목이 메지도 않는다. 다 먹고 나서 뒤늦게 아버지 생각을 할 때가 더 많다.

아버지가 들려준 이야기는 오래오래 남아 있다. 나 혼자라도 재미있게 읽고 싶어서 난생처음 쓴 동화에 돌아가신 아버지를 등장시켰다. 내가 사는 도시의 역사와 오래된 건물, 사람들에 대한 인문지리서를 쓸 때도 옛날에 아버지가 해준 이야기의 도움을 받았다. 강연 가서 쓰는 PPT에 근사하게 웃는 아버지 사진을 꼭 넣는다.

혼자 일하는 나는 자주 슬럼프에 빠지고 좌절한다. 저절로 회복한 적은 없다. 컴컴한 데 빠진 나를 끌어올리기 위해서 어릴 때 열광했던 만화영화를 본다. 좋아하는 아티스트의 음악을 듣고 거실 바닥을 뒹굴면서 웃었던 예능 프로그램을 찾아본다. 그러고 나면 어지러운 내 책상부터 눈에 들어온다. 아무렇게나 누워 있는 책을 정리하며 혼잣말을 한다.

"그리여. 걱정하들 말어."

아버지가 했던 말을 나한테 해준다. 걱정의 형태는 고체, 마음 한쪽을 짓누르던 부피는 조금씩 줄어든다. 그래서 초등학생인 우리 둘째가 온라인게임의 계정이 사라졌다고 식음을 전폐할 때, 나는 아버지 말을 따라 했다. 아이는 하나도 도움 안 된다며 참고 있던 눈물을 터뜨렸다. 오래 울고 나서 밥을 먹고 잠을 자고 38시간 만에 새로운 계정을 만들었다. 걱정에 얽매이지 않아서 얻은 성과였다.

나는 언제나
당신들의 지영이

초판 1쇄	2021년 10월 25일

지은이	배지영
편집	김화영
마케팅	어쩌면 이 책을 읽은 누군가
디자인	지완

펴낸이	김화영
펴낸곳	책나물
등록	제2021-000026호(2021년 3월 8일)
이메일	booknamul@daum.net
블로그	blog.naver.com/booknamul
인스타그램	@booknamul

ISBN	979-11-974142-2-0 03810